Prologue

Une soirée de septembre 1941.

Sur le chemin de terre qui traverse en sinuant la garrigue et les vignobles, deux enfants se dirigent vers une grande maison isolée, dont les lumières trouent déjà l'obscurité naissante. Ils ont franchi la dernière butte d'où l'on aperçoit à la fois Montpellier et la mer.

Insouciante, la petite fille gambade. Parfois, elle s'écarte du sentier, effraie quelques moutons qui paissent en liberté, et court vers un figuier centenaire dont les fruits, gorgés de soleil, tombent de temps à autre avec un bruit mou sur le sol odorant. Là, elle ramasse la figue, la presse et la retourne, puis aspire la chair tiède et sucrée. Son frère aîné la rappelle d'une voix ferme : leur père, prisonnier en Allemagne depuis plusieurs mois, lui a confié la responsabilité de la cadette ; et il en prend plus de soin que de lui-même.

Tandis qu'ils longent les ruines du vieux château délabré non loin duquel se trouve la maison familiale, tandis que les premières étoiles s'allument sur la garrigue, le garçon, comme chaque soir, repense aux longues nuits qu'il passait avec son père à l'écoute de l'univers. Et son cœur bat plus vite lorsqu'il aperçoit, au loin, l'un des trois radars de fortune que le savant a mis au point avant que la guerre ne vienne interrompre ses recherches. Oui : il songe que son père, en ce moment même, observe peut-être le ciel, comme lui.

Là-bas, le liseré violet de la mer semble se nouer au tissu épais de la nuit. Et la garrigue ici exhale d'un coup les parfums et les chaleurs du jour.

Soudain, le garçon s'arrête et tend l'oreille : à la stridulation des cigales, inexplicablement interrompue, s'est substitué un ronronnement inhabituel. Il scrute l'horizon et aperçoit au-dessus de Cassiopée un point rougeâtre qui grossit et clignote lentement. Saisi par une inquiétude inconnue, il appelle sa sœur ; mais cette fois, elle s'est aventurée trop loin pour pouvoir l'entendre – d'autant que le vrombissement augmente.

Un objet aux contours indéfinis s'approche, à une vitesse fantastique ; et la nuit est bientôt trouée par un immense cercle de lumière orangée… bleutée… orangée – par une masse énorme et mouvante qui se déplace avec une souplesse incompréhensible.

Pétri d'épouvante, le garçon veut reculer ; mais ses jambes, agitées de tremblements, ne lui obéissent plus. Il veut crier ; mais sa gorge est desséchée par l'angoisse. Il veut comprendre ; mais cet objet ne ressemble en rien aux avions allemands.

À présent, la chose semble suspendue une centaine de mètres devant lui, immobile et tout à coup silencieuse. Puis, comme si une trappe s'était ouverte, le sol s'illumine vivement sous la coque de l'engin, révélant la présence d'une petite fille au visage plus étonné qu'inquiet, une petite fille qui lève la tête vers l'origine de cette auréole.

L'éclat s'intensifie au point de devenir insoutenable pour les yeux, s'intensifie encore… puis s'éteint.

Alors le garçon tend la main, incrédule ; il croit hurler un nom, mais ne prononce qu'un son rauque, à peine articulé ; confusément, il se rend compte qu'il vit un événement dont les causes et la portée dépassent son entendement.

Les bords du disque géant se teintent violemment de pourpre ; il bascule et s'élève peu à peu dans le ciel noir – puis s'échappe, s'éloigne à une vitesse inimaginable et se confond avec les étoiles au sein desquelles il disparaît enfin.

Quelques cigales risquent un grésillement timide ; et la garrigue semble à nouveau respirer.

Le garçon titube, trébuche ; il s'élance vers l'endroit où stationnait l'engin, et où sa sœur ne se trouve plus. Un sanglot de terreur lui monte à la gorge. Il n'ose encore comprendre et formuler pour lui-même ce qui vient de se produire. Il se jette comme un fou dans le thym qui, ici, pousse en larges touffes craquantes ; mais les brindilles sont calcinées, comme si elles avaient été fouettées sur un immense périmètre par un tourbillon d'énergie.

– Ma sœur ! Rendez-moi ma sœur !

Il tend la main vers le ciel, il tente de comprendre pourquoi cela s'est produit, pourquoi ce soir, pourquoi sa sœur. Et il se prend la tête entre les mains, comme pour en chasser ce qui ne peut être qu'un épouvantable cauchemar. Ce qui est insupportable, c'est la réalité qui maintenant s'impose. Comment oser rentrer à la maison ? Comment avouer ce qui s'est passé à sa mère déjà accablée de soucis à cause du père absent et du bébé qui, sans cesse, pleure de faim dans son lit ? Quel mensonge inventer pour expliquer l'invraisemblable vérité ?

Secoué de sanglots, le garçon se relève.

Il est seul, irrémédiablement seul au milieu de la garrigue déserte. Alors il se met à courir vers sa maison, en lançant des injures insensées à ce qui a emporté sa sœur, au ciel, à Dieu, et à lui-même.

Le secret du vieil astronome

1

– Parfait, dit le chirurgien en ôtant le dernier fil. La couture sera à peine apparente. Quand on vous a amené à l'hôpital la semaine dernière, vous étiez en piteux état, jeune homme ! Mais dites-moi : pourquoi avoir été tripoter les obus de cette zone militaire désaffectée ?

– La base de La Fertalière était un centre spatial, docteur, se défend Luc. Pas une zone militaire.

– Un centre spatial est une zone militaire. Et son accès reste interdit.

– Marc et moi n'avons pas franchi les barbelés !

– Allons, ne me racontez pas d'histoires.

Le chirurgien jette un coup d'œil sur la fiche suspendue au pied du lit et il ajoute, en haussant les épaules :

– Et vous êtes né en 1981. À dix-huit ans, vous vous conduisez encore comme un gamin ! Ah, voici votre grand-père !

Le chirurgien adresse à Luc un signe amical, et va serrer la main de l'homme qui vient d'entrer. À plus de soixante ans, Paul Pic n'a pas un seul cheveu blanc. Brun, sec, le visage tanné, il possède la vigueur des vignes qu'il a cultivées toute sa vie.

– Votre petit-fils sort demain, lui annonce le chirurgien. Il s'en tire à bon compte. Mais sermonnez-le un peu.

– Luc est incorrigible, grommelle le grand-père. Chaque été, lorsqu'il vient passer ses vacances dans ma propriété, à Cournonterral, il s'entête à venir rôder près de cette zone dangereuse. Et je ne peux même pas compter sur son ami Marc pour le dissuader d'aller y flâner ! Cette année, je pensais du moins que mes enfants auraient l'œil sur leur fils.

– Justement, les voici, dit le chirurgien. Eh bien je vous laisse en famille.

M. et Mme Pic entrent à leur tour dans la chambre, embrassent Luc. Sylvain Pic, à trente-neuf ans, a les mêmes cheveux bruns que son père, le même visage taillé comme dans un bois dur – mais son teint est plus pâle, ses traits plus fins.

– À présent que tes parents sont là, déclare le grand-père, j'aimerais que tu nous expliques une fois pour toutes comment Marc et toi avez fait exploser cet obus.

– Je pense, dit le père de Luc, qu'il est préférable de clore l'incident.

– L'incident ? s'exclame le grand-père. Ton fils manque mourir à la suite d'une grave imprudence et tu appelles ça un incident ? Et tu ne réagis pas plus sévèrement ? Ah, de mon temps, les parents avaient plus de poigne !

– Allons, Paul, dit Mme Pic en souriant, ne grondez pas Sylvain : il n'élève pas son fils autrement que vous avez élevé le vôtre.

– Luc nous cache quelque chose ! s'entête Paul. Je connais bien le camp de La Fertalière, puisque notre ancienne propriété familiale s'y trouve encore. Voilà plus de vingt ans que nous en avons été expulsés pour que l'État aménage dans cette zone son fameux centre spatial national. J'ai suivi jour après jour la construction des hangars, le montage des fusées que d'énormes camions apportaient en pièces détachées ; je me souviens encore des premiers lancements, du rugissement des moteurs, du va-et-vient des ingénieurs, des rondes des services de sécurité. Beaucoup de bruit pour rien, puisque l'activité du centre a été arrêtée quatre ans plus tard ! Or, je sais qu'il n'y a là-bas ni champ de mines, ni obus. Donc Luc nous a raconté des bobards.

Luc pâlit, passe la main dans ses cheveux en bataille et tripote la couture de son drap.

– Je t'assure, grand-père, que nous n'avons pas franchi les barbelés.

– Je m'en doute ! Depuis que le camp est désaffecté, les équipes de surveillance ont été remplacées par un dispositif de détection automatique. Chaque semaine, la gendarmerie se dérange pour rien parce qu'un lapin a déclenché l'alarme. Si vous étiez entrés, j'aurais été le premier à entendre les sirènes ! Que nous cachez-vous, ton copain Marc et toi ?

– Écoutez, Paul, dit Mme Pic. Le mois d'août commence à peine. À quoi bon gâcher nos vacances ? Luc est à nouveau sur pied. Il n'est pas près, je pense, de renouveler son imprudence. Attendons qu'il ait envie de nous raconter tout cela en détail.

– C'est cela, fait Paul en serrant les poings et les dents. C'est cela, attendons !

Il se précipite vers la fenêtre, l'ouvre, respire un grand coup et contemple en soupirant le paysage qui lui fait face. Cet amas hétéroclite de maisons et de bâtiments jetés au hasard sur l'immense étendue des vignes, c'est Montpellier, distant de vingt kilomètres. Plus loin, au centre de la garrigue semée de buissons rabougris, les ruines du château de La Fertalière se confondent avec les hangars du centre spatial, vestiges déjà recouverts d'une végétation envahissante. Enfin, à l'horizon, s'étend une mer de cobalt et d'acier.

Un instant, la pièce s'emplit de soleil, de chaleur, et de la stridulation entêtante des cigales.

– Je peux entrer ?

Marc, au seuil de la chambre, semble impressionné par ce conseil de famille muet. Il sourit gauchement, distribue des bonjours timides, et semble ne savoir que faire du lourd sac de gymnastique qu'il a ôté de son épaule.

– Nous avons compris, grommelle le grand-père Paul en faisant signe aux parents de Luc de le suivre. Nous te laissons en compagnie de ton complice. Sans doute seras-tu plus loquace avec lui. À demain.

Dès que la porte de la chambre se referme, Luc pousse un soupir de soulagement, saute de son lit et s'exclame :

– Enfin seuls ! Cette fois-ci, j'ai bien cru que mon grand-père Paul allait découvrir le pot aux roses ! Il sait comme toi et moi qu'il n'y a jamais eu d'obus au camp de La Fertalière. Nous aurions dû trouver une explication plus vraisemblable.

– Tiens, fait Marc en déposant son fardeau sur le lit. Je t'ai apporté des oranges.

Luc ouvre le sac avec précaution, et il en extirpe une carapace métallique aux reflets bleutés.

– Bigre ! Tes oranges sont plutôt du genre grenade. Qu'est-ce que cet engin ?

– Le responsable de ton accident. Avoue qu'il y avait là de quoi nous tuer tous les deux.

– Le responsable, rectifie Luc, ce n'est pas cet objet. C'est l'inconnu qui a provoqué le feu d'artifice de l'autre nuit.

– Écoute : en ton absence, j'essaie de faire avancer notre enquête. Où crois-tu que j'ai découvert ça ?

– Tu as franchi les limites du centre ?

– Oui. J'y suis revenu ce matin. J'ai eu certaines difficultés à me repérer dans le camp. Décidément, il est gigantesque ; l'herbe a envahi les chemins, les aires de lancement. Et puis en plein jour, le paysage a un aspect tout différent. Mais j'ai retrouvé le lieu exact où nous étions quand l'explosion a eu lieu. Et j'y ai fait cette découverte.

Intrigué, Luc passe et repasse son doigt sur le métal poli. Il le palpe, le soupèse et constate :

– C'est épais mais d'une légèreté surprenante. À ton avis, qu'est-ce que c'est ?

Marc laisse passer quelques secondes de silence avant d'affirmer d'une voix tranquille :

– C'est un morceau d'étage de fusée Diamant.

– Tu plaisantes ?

– Pas du tout. Tu penses bien que j'ai visité quelques hangars afin de comparer ce débris aux engins qui y sont entreposés.

– Attends, fait Luc en s'asseyant sur son lit. Tu veux dire que l'inconnu de l'autre nuit aurait procédé à… un lancement ?

– Pourquoi pas ? Après tout, la base de La Fertalière a servi pendant trois ans de centre spatial. Et il existe encore au camp plusieurs fusées en état de marche. Sans doute un petit plaisantin s'amuse-t-il à les faire partir – après avoir soigneusement neutralisé les dispositifs d'alarme. L'ennui est que nous sommes arrivés au mauvais moment.

– Que veux-tu dire ?

– Que la fusée a tout simplement explosé au sol alors que nous nous trouvions à quelques centaines de mètres de l'aire de lancement.

Luc hoche la tête : jusqu'ici, Marc et lui n'avaient pas compris la nature du cataclysme qui s'était produit cette nuit-là. Tous deux ne se souvenaient que d'un brutal enfer de tonnerre et de feu. Puis du sang, de la douleur, de la peur, de la fuite.

– Un plaisantin ? fait Luc en soupesant l'objet déchiqueté. Un bricoleur inconscient, plutôt ! Un fou !

– Ou un petit génie, au contraire. Car un simple farceur ou un néophyte ne raterait pas ainsi son coup : il serait tout simplement incapable d'engager le centième des procédures de lancement. Réfléchis : seul un vieil ingénieur en astronautique peut parvenir à faire partir une telle fusée.

– La faire partir ? Tu oublies qu'elle a explosé !

– Il en fera exploser encore deux ou trois, affirme Marc. Mais la quatrième ou la cinquième partira. De nos jours, les moteurs atomiques assurent une grande fiabilité. Mais les carburants liquides que notre inconnu est contraint d'utiliser sont d'un emploi beaucoup plus délicat.

– Pourquoi as-tu dit : « un vieil ingénieur » ?

– Pardi ! Aujourd'hui, en 1999, les spécialistes en astronautique étudient les plans des fusées Energia. À la rigueur ceux des fusées Ariane. Mais je suppose qu'aucun ne s'intéresse aux fiches techniques de ces antiquités que sont les fusées Saturne ou Diamant !

– Mais pourquoi notre homme voudrait-il faire partir clandestinement une fusée ?

– C'est ce que j'aimerais bien savoir, dit Marc. Si ses intentions étaient honnêtes, il ne prendrait pas de tels risques. Certes, il ne dispose à La Fertalière que d'un matériel périmé, mais au moins, il sait que personne ne viendra le déranger.

– Si : nous ! s'exclame Luc en allant jusqu'à la fenêtre d'où il observe les lointains bâtiments du centre spatial.

Marc, résigné, hoche la tête en rangeant dans son sac l'éclat métallique. Il sait qu'avec son ami Luc, il n'aura jamais le dernier mot. Il sait que pendant l'année, il n'ose jamais s'aventurer seul au camp, et que son ami parisien possède un aplomb qu'il lui envie.

Mais il sait aussi que Luc n'agit avec tant de témérité que parce qu'il se repose sur la pondération et la prudence de son vieux camarade provençal.

– Je sors de clinique demain matin, Marc. Et demain soir, nous retournerons au camp. Au même endroit que la semaine dernière. Et nous y reviendrons chaque soir. En prenant un peu plus de précautions. Jusqu'à ce que notre inconnu procède à un nouveau lancement.

– Dommage que tu ne veuilles même pas attendre que ta couture soit cicatrisée !

Luc fixe d'un regard têtu les vieux hangars du centre qui semblent trembler dans la chaleur de l'été.

– Après tout, murmure-t-il en souriant d'un air pensif, tu as sûrement raison, Marc : il finira bien par réussir un lancement. Et nous finirons bien par comprendre dans quel but il l'a effectué.

2

Un grondement gigantesque déchire la nuit.

– Marc ! À plat ventre !

Ils se précipitent à terre, où les cailloux leur meurtrissent les genoux et les coudes. Lorsqu'ils relèvent la tête, ils aperçoivent à trois cents mètres de là un objet fuselé qui s'élève, sous une nappe immense de flammes et de nuées. Pendant plusieurs secondes, la lueur embrase le paysage – et ils distinguent nettement les ruines de La Fertalière, les grands hangars du centre spatial et la vaste étendue de la garrigue, noyée dans un étrange crépuscule de sang. Le sol tremble comme si un troupeau d'éléphants passait à quelques mètres.

Enfin, le grondement s'apaise peu à peu, remplacé par un long hurlement qui file vers des aigus que l'oreille ne peut bientôt plus percevoir. Alors leur arrive seulement l'haleine nauséabonde et chaude des gaz brûlés.

– Là ! hurle Luc en pointant un doigt vers le ciel.

À la nuit étoilée se mêle l'éclat d'un astre rougeâtre, qui se fraie un chemin rectiligne entre Andromède et Cassiopée. Puis le nuage de fumée noie la garrigue tout entière et obscurcit le ciel illuminé.

Luc et Marc, accroupis, attendent que s'apaisent les battements précipités de leurs cœurs. Ils halètent comme s'ils avaient couru, et accompagnent du regard et de la pensée l'ascension du point luisant qui disparaît bientôt au zénith.

– Cette fois, murmure Marc d'une voix rauque, il a réussi ! Nous n'aurons attendu qu'un seul jour.

– Quel engin !

– Une fusée Ariane. Mais notre homme n'est sûrement pas seul : la préparation du vol, les calculs de trajectoire et la mise à feu nécessitent la collaboration étroite de plusieurs équipes de spécialistes.

Luc se redresse lentement ; il scrute le camp sur lequel retombent poussières, gaz et obscurité. Deux ou trois grillons attardés lancent un appel timoré, bref signal de reconnaissance, cri d'étonnement tardif. Un léger souffle de vent balaie les dernières vapeurs délétères, seuls témoins de la combustion brutale de milliers de litres de carburant.

– C'est tout de même de la folie ! murmure Luc. N'importe qui peut observer ces tirs de Montpellier. Et puis les étages des fusées pourraient retomber n'importe où – sur le village de Cournonterral, par exemple.

– Non : dans la mer. J'ai bien observé la direction du tir. Quant aux éventuels curieux, notre homme a limité les risques au maximum : rares sont ceux qui flânent le nez en l'air à trois heures du matin. Et des villages environnants, on peut très bien confondre ce lancement avec un feu d'artifice.

– Crois-tu que mon grand-père, à huit kilomètres d'ici, n'a pas été réveillé par le grondement du départ ?

– Peut-être, fait Marc en haussant les épaules. Mais le temps qu'il enfile ses pantoufles et sorte sur sa terrasse, la fusée était déjà à cinq mille mètres de hauteur. Il n'osera jamais prévenir la gendarmerie de peur qu'on le prenne pour un de ces farfelus qui voient partout des soucoupes volantes. Et le ferait-il que je vois mal la police entreprendre une enquête ou installer une surveillance permanente aux alentours de ce camp abandonné.

À présent, un silence total règne sur la base. Luc quitte le muret de pierres sèches derrière lequel ils s'étaient réfugiés, et fait quelques pas pour se dégourdir les jambes. Marc, lui, reste prudemment derrière l'abri sur lequel il prend appui pour observer, à l'aide d'une paire de jumelles à infrarouge, les hangars et les vieux bâtiments administratifs noyés dans l'obscurité.

– Aucun signe de vie, affirme-t-il. Pas plus aux abords des locaux que sur les aires de lancement. Tout se passe comme si l'opération avait été télécommandée depuis la base de Taverny à huit cents kilomètres d'ici. Je me demande si nous n'avons pas rêvé, il y a quinze jours, en croyant apercevoir une silhouette se faufiler à l'intérieur du camp.

– Tu oublies que notre fantôme a annihilé les dispositifs de surveillance ! Non : cet homme existe. Au pire, en effet, il prend moins de risques que nous et assiste au spectacle de très loin, dans un fauteuil. Un ingénieur en astronautique ? Plutôt un farfelu dangereux qui a décidé de s'offrir un joli feu d'artifice personnel.

– Écoute ! interrompt Marc en reposant sa paire de jumelles.

– Une voiture électrique. Elle approche.

Tous deux s'aplatissent à nouveau derrière leur maigre abri. Quelques secondes plus tard, l'automobile apparaît. Ses phares, réglés sur l'intensité minimum, balaient l'étroit chemin goudronné semé de cailloux et d'herbes sèches. L'engin passe à faible vitesse à quinze mètres des formes tapies dans l'ombre, puis disparaît dans un virage.

– Cet homme existe, approuve Marc en se redressant lentement.

– Vite ! Suivons-le.

Luc bondit sur son VTT jeté deux heures auparavant dans un taillis, laissant à peine le temps de réagir à Marc, qui, avant d'enfourcher le sien, grommelle :

– Il aura vite fait de nous semer ! Et puis courser à vélo en pleine nuit une voiture, sur ce chemin délabré et inconnu, c'est de la folie !

– Bon sang, Marc, ta dynamo !

Marc étouffe un juron, déconnecte son phare et appuie vigoureusement sur les pédales. Ils suivent ainsi à l'aveuglette le véhicule inconnu qui poursuit sa route à faible allure cent mètres devant eux. La nuit est sans lune, mais le ciel entièrement illuminé. Très vite, ils repèrent les inégalités du chemin – mais ils doivent jongler avec les ornières, les nids-de-poule, les énormes cailloux qui encombrent la vieille route dont l'entretien a été abandonné depuis de nombreuses années.

La voiture, pour les mêmes raisons sans doute, avance à faible allure, mais elle prend une certaine avance. Le lumignon rouge de ses phares arrière disparaît de plus en plus souvent au détour d'un virage, ou dans la descente d'une butte.

– Nous n'y arriverons jamais ! hurle Marc qui a quitté le sentier pour s'égarer dans un champ de lavande.

Luc, à contrecœur, revient en arrière, aide son ami à rejoindre la route, le morigène :

– Que devrais-je dire, moi qui suis convalescent ? Allez, en selle !

– À quoi bon nous dépêcher ? Il n'y a pas trente-six voies carrossables dans le camp ! Nous finirons bien par retrouver la voiture à l'entrée principale !

– Crois-tu notre homme assez naïf ou imprudent pour passer par là ? Non : il a dû ménager un passage clandestin. En ce moment, il coupe sûrement à travers la garrigue et franchit les barbelés à un endroit qu'il nous faut repérer ! S'il abandonne l'auto électrique et récupère sa voiture à l'extérieur du camp, que nous puissions au moins en relever le numéro avant qu'il nous échappe !

– Bon, file devant. Je te suis.

Une minute plus tard, ils aboutissent à une fourche ; ils s'arrêtent, scrutent la nuit à la recherche d'une vague lueur de phares. En vain.

– C'est trop bête ! peste Luc en jetant de colère son vélo contre un olivier.

Résigné, Marc s'assoit, reprend haleine et note avec amertume :

– Le plus stupide n'est pas de l'avoir perdu de vue, mais de devoir à présent retrouver notre propre passage secret ! Je n'ai aucune idée de l'endroit où nous sommes. Il serait plus sage d'attendre l'aube.

Tandis que Luc gagne une petite butte pour scruter l'horizon, Marc entreprend de picorer une grappe arrachée à un cep sauvage.

– Hé, lance-t-il, sais-tu que je mange sans doute le raisin de ton grand-père ? Une vigne qui n'a pas été soignée depuis quinze ou vingt ans ! Quel gâchis !

– Marc, viens donc me rejoindre ! Regarde là-bas, dans le creux de ce vallon !

– Oui. Je vois où nous sommes, à présent. Ce sont les ruines de La Fertalière.

– Exact. Ne distingues-tu rien à la base du mur de droite ?

Marc écarquille les yeux et aperçoit enfin une faible lueur accrochée à l'obscurité.

– Un feu follet !

– Ne dis pas de bêtises. C'est l'individu que nous avons suivi. Qui d'autre pourrait utiliser de l'électricité dans ce camp ? Allons-y !

Ils réenfourchent leurs VTT, empruntent le chemin de droite et, un quart d'heure plus tard, longent le fossé herbu du château en ruine où ils abandonnent leurs vélos par mesure de précaution. Bientôt, ils localisent l'auto électrique, laissée en stationnement auprès d'une grande maison en pierre. Au premier étage, la clarté d'une lampe dessine sur la nuit un carré de lumière.

– Incroyable ! chuchote Marc. Toutes les lignes EDF qui mènent au camp sont coupées : comment est-il parvenu à rétablir l'électricité dans cette maison isolée ?

– Sans doute un jeu d'enfant pour quelqu'un qui sait faire décoller une fusée ! Viens. Allons voir à quoi il ressemble.

Mais au moment où ils franchissent prudemment le seuil, la lumière s'éteint à l'étage. Ils reculent, attendent.

Luc, le cœur battant, observe la vieille demeure provençale aux murs épais, aux fenêtres étroites. Inexplicablement, cette bâtisse l'émeut avec son toit crevé par endroits, sa terrasse aux pierres disjointes, le mamelon stérile de son gros puits abandonné. Il songe que cette maison a dû être splendide autrefois, bordée d'un côté par la ligne discontinue des ruines de La Fertalière, de l'autre par ces longs murets de pierres sèches qui séparaient les vignobles de la garrigue où paissaient librement les moutons.

– Pas d'imprudence, murmure Marc. À présent que nous savons où il habite, nous pourrons venir lui rendre visite…

– Pour lui demander poliment pourquoi il fait partir des fusées ? Et tu crois qu'il nous l'expliquera ? Attention !

À l'intérieur de la demeure, des pas résonnent sur les marches de pierre. Luc et Marc reculent jusqu'au plus proche bosquet. Ils aperçoivent une ombre se faufiler à l'extérieur, monter dans l'auto électrique ; les phares s'allument pour diffuser une clarté avare ; et le véhicule s'éloigne dans un ronronnement régulier.

– On le reprend en chasse ? demande Marc.

– Non, dit Luc. Au contraire, profitons de son absence pour visiter les lieux !

3

Après quelques secondes de tâtonnements, Luc trouve l'interrupteur. Une maigre ampoule révèle une grande salle de séjour au sol recouvert de tommettes rouges. Sous les papiers peints qui se détachent des murs comme des lambeaux de chair apparaissent les pierres des murs.

Au milieu de la pièce trône une méchante petite table de jardin bancale. Dans un angle, le tourniquet d'un escalier en bois sombre permet d'accéder aux étages. Luc avance jusque-là, recueilli, presque inquiet.

– Peut-être a-t-il laissé là-haut quelques indices ?

Ils montent. L'escalier grince à peine. Luc palpe le mur blanchi à la chaux qui suinte d'humidité ; il découvre un nouvel interrupteur, donne de la lumière et étouffe une exclamation de surprise : la chambre, loin d'être vide et abandonnée comme il le supposait, est encombrée de nombreux meubles et son désordre témoigne d'une activité récente et intense. Sur une commode aux tiroirs ouverts traînent des feuilles éparses et de gros cahiers d'écolier ; et sur les trois chaises entourant une vieille coiffeuse au miroir brisé sont superposés plusieurs classeurs métalliques.

Marc, lui, est resté sur le seuil, comme s'il hésitait à violer un domaine privé, à pénétrer des secrets interdits. Luc, qui devine les scrupules de son ami, se retourne vers lui, l'encourage :

– Notre homme ne peut habiter ici. C'est lui qui le premier est venu fouiller cette pièce !

– Ce n'est pas une raison pour l'imiter, dit Marc.

– Regarde les feuilles à dessin épinglées sur le mur du fond. Quels sont ces signes ? Du morse ?

– Non. Très étranges, ces traits placés à intervalles irréguliers… mais à première vue, c'est indéchiffrable.

Ils examinent attentivement les feuilles ; elles sont recouvertes de traits, en séries interminables et différentes. Déçu, Luc s'approche des classeurs lorsque Marc lui désigne, au fond de la pièce, une échelle de meunier abandonnée sous une trappe qui bée au plafond.

– Que risquons-nous ? dit Luc.

Il dresse l'échelle vers l'ouverture et gravit le premier les échelons. Il trouve là aussi l'interrupteur – et une ampoule éclaire un grenier en piteux état avec un plancher pourri d'humidité, une toiture crevée, de vieux meubles entassés au centre de la pièce. Mais son attention est aussitôt attirée par une immense cuvette métallique de deux mètres de diamètre, une parabole posée de biais contre une poutre maîtresse.

– Bon sang… Mais qu'est-ce que cet engin ?

Luc s'approche de l'objet circulaire ; le fond, composé de mille facettes comme l'œil d'un insecte, lui renvoie l'éclat multiplié et déformé de l'ampoule électrique.

– Cela ressemble à un radar, dit Marc. Regarde le fil électrique blindé qui relie la coupole à ce petit poste récepteur.

– Un télégraphe ! Nous avons là un émetteur-récepteur à longue distance. Et ce que nous avons vu sur les feuilles de papier à dessin, c'est sûrement du morse. Nous avons affaire à un radio-amateur bricoleur.

– Ce n'est pas du morse. Et je me demande bien pourquoi un cibiste utiliserait aujourd'hui un matériel aussi lourd et rudimentaire.

– Regarde les feuilles entassées près du poste !

Luc tend à Marc des feuilles semblables à celles qui sont épinglées au mur du premier étage. Mais cette fois s'y trouvent mêlées plusieurs cartes du ciel ; et à côté des principales constellations figurent d'étranges notes manuscrites.

– « Constellation de l'Aigle », lit Luc à voix haute. « Étoile Altaïr, magnitude 0,8 ; distance : 13 années-lumière. Constellation du Grand Chien, visible dans le ciel austral à proximité de l'équateur. Sirius, magnitude 1,4 ; distance : 8,7 années lumière »... Quel charabia !

– Moins que tu ne le crois, dit Marc en hochant la tête. Ce truc n'est ni un radar, ni une parabole, mais tout simplement un radiotélescope.

– Un quoi ? Explique-toi !

– Écoute, je n'ai pas de connaissances scientifiques approfondies, mais maintenant, je me souviens avoir vu ce genre d'objets dans des manuels d'astronomie. Les radiotélescopes captent des émissions venues du cosmos.

– Allons donc ! Ainsi, notre inconnu essaierait de communiquer avec des Martiens ?

– Non : avec les étoiles. Les messages reçus sont ceux qu'envoient les étoiles, suivant leur fréquence d'émission.

– Alors les signes sur les feuilles à dessin ?…

– … sont sûrement la traduction de signaux à ondes courtes venus du ciel.

Luc considère les feuilles d'un œil perplexe et intéressé.

– Je ne demande qu'à te croire. Mais quel peut bien être le rapport entre ce radiotélescope et ces tentatives de mise à feu de vieilles fusées à carburant liquide ? Comment notre homme pourrait-il espérer atteindre, avec de telles antiquités, les étoiles dont il reçoit les ondes ?

– Ce rapport, nous devons le trouver. Mais je ne crois pas cet inconnu fou au point de prétendre lancer des fusées vers d'autres soleils.

– Pourtant, s'enflamme Luc, c'est l'évidence ! Celui qui les fait décoller vient ici manipuler un instrument capable de capter des messages du ciel – c'est toi-même qui l'affirmes.

– Le manipuler ? J'en doute ; voilà bien longtemps que ce radiotélescope n'a pas servi.

Marc désigne les bords rouillés de l'appareil. Sous l'effet de l'humidité, le socle métallique a rongé en profondeur la poutre, le plancher du grenier. Et le fil électrique qui relie la coupole au poste-récepteur semble attaché au mur par un réseau serré de toiles d'araignée.

– D'ailleurs, poursuit-il, pour fonctionner, il faudrait que ce radiotélescope soit placé à l'extérieur et pointé vers les étoiles ; or, il semble relégué dans un coin et complètement délaissé. À mon avis, personne n'y a touché depuis que la maison a été abandonnée.

Luc hausse les épaules et admet :

– Tu as raison, nous échafaudons des hypothèses farfelues. Ah, si notre homme pouvait nous expliquer quelles sont ses intentions !

– Mais je ne demande que cela, fait une voix grave, en contrebas.

4

Luc cède à la panique, a un mouvement pour fuir – mais la seule issue offerte est la trappe par laquelle ils sont montés dans le grenier.

– Nous sommes pris au piège ! murmure-t-il.

– Attends : nous n'avons rien fait de mal, sinon nous introduire, comme lui, dans une maison abandonnée. Voyons à qui nous avons affaire.

Ils viennent s'accroupir près de la trappe ; au bas de l'échelle se dresse, en contre-jour, la silhouette d'un homme au visage levé vers eux.

– Que craignez-vous ? Descendez !

Luc et Marc obéissent ; et tandis qu'ils rejoignent le premier étage, l'inconnu va s'asseoir à califourchon sur une chaise près de l'escalier, sans doute pour prévenir toute tentative de fuite. Enfin, il leur désigne les sièges encombrés de dossiers :

– Débarrassez donc deux chaises et prenez place, dit-il le plus sérieusement du monde, puisque vous souhaitez me poser quelques questions.

– Nous avons aperçu de la lumière à proximité des ruines, se défend Luc. Alors…

– Moi aussi, coupe l'inconnu. Et puisque je venais de quitter la maison après avoir éteint l'électricité, je me suis permis de revenir. Eh bien, parlons maintenant !

Luc se demande si cette politesse est sincère ou feinte. Il détaille l'inconnu, dont les soixante-cinq ou soixante-dix ans ne semblent pas avoir entamé la robustesse ni l'énergie. Ses cheveux sont encore très bruns, très fournis, ainsi que ses sourcils au-dessus desquels le front est creusé de rides. Son visage est anguleux, presque maigre, la mâchoire décidée ; mais les yeux sombres et luisants expriment quelque chose de douloureux et d'indéfinissable : une peine immense qu'il doit porter depuis longtemps en lui, songe Luc, une peine qu'il ne peut refouler sans que tous ses traits se contractent. L'homme est vêtu d'une veste et d'un pantalon un peu usés, de grosses chaussures faites pour la marche.

Comme ses interlocuteurs se taisent, il frotte longuement ses deux grandes mains brunes l'une contre l'autre, des mains qui ont dû travailler la terre, qui ont dû manier le marteau et la pioche ; puis il soupire, esquisse un sourire, et déclare d'une voix rauque – une voix contenue mais qu'on sent pleine, profonde, prête à vibrer :

– Faut-il que ce soit moi qui entame le dialogue ? Qui êtes-vous ? Et que faites-vous ici ?

– Je m'appelle Luc. Marc est mon ami. Tout à l'heure, nous vous avons vu entrer dans cette maison et nous nous sommes demandé…

Luc s'arrête, hésite ; et c'est Marc qui achève :

– Nous savons que c'est vous qui mettez à feu les fusées du centre.

– J'aurais dû me douter que mes tirs répétés finiraient par attirer l'attention… Depuis combien de temps me surveillez-vous ?

Luc interroge Marc du regard. Puis il se décide, relève son pull et désigne la peau de son ventre, zébrée d'une couture rosâtre.

– Il y a deux semaines, dit-il, l'un de vos engins a explosé à quelques dizaines de mètres de l'endroit où nous vous guettions. Je suis sorti de l'hôpital hier.

L'homme blêmit et serre le dossier de sa chaise à le briser.

– Quelle folie ! gronde-t-il. Quelle folie... Pourquoi vous être risqués dans ce camp dont l'accès est interdit ?

– Nous pourrions vous retourner la question, dit Marc. Cette interdiction, vous l'avez violée avant nous.

– C'est vrai.

L'homme hoche la tête, lentement, comme s'il pesait désormais ses aveux. Puis il se décide :

– Voilà plus d'un mois que je viens au centre chaque soir.

– Pour tenter de faire partir une fusée ?

– Oui. Et cette nuit, pour la première fois, avec succès.

– Mais pourquoi ? demande Marc à voix basse. Pourquoi ?

Un sourire plein d'amertume tord la bouche de l'inconnu. À présent, il ne fixe plus ses interlocuteurs. Son regard s'est perdu dans le lointain.

– Si je vous révélais la vérité, murmure-t-il, vous me prendriez pour un fou.

– Non, dit Marc. Nous vous croirions. Nous savons que celui qui remet en état de marche de tels engins ne peut être un simple d'esprit.

– C'est vrai, confirme Luc. Et puis vous ne risquez pas ainsi votre vie chaque soir sans une raison sérieuse. Dites-la-nous.

– Je pensais que personne ne se risquerait dans le camp. Je suis d'autant plus épouvanté d'avoir failli tuer l'un d'entre vous que tous mes essais n'ont qu'un seul but : sauver une vie humaine.

L'inconnu se lève, absorbé dans ses pensées. Il se dirige vers la fenêtre sans carreaux qui bée sur la nuit étoilée ; il ne redoute plus que ses hôtes s'enfuient, à présent. Il observe le ciel un instant et les invite à s'approcher. À ce moment, un éclair trace dans le firmament une raie éblouissante.

– Une étoile filante, dit Marc.

– Oui. L'univers est d'autant plus passionnant que ses secrets se multiplient au fur et à mesure qu'on les explique, dit le vieil homme. Mais depuis plusieurs mois, parmi tous les objets qui peuplent le ciel, un seul m'accapare tout entier. Un objet semblable à celui qui passe en ce moment même entre la Petite Ourse et la constellation du Cocher.

– Une planète ?

– Non. Regardez : cet astre se déplace très lentement.

– Un satellite artificiel ! dit Marc.

– En effet. Il en existe aujourd'hui des milliers, qui tournent autour de la Terre. Mais celui qui m'intéresse est habité.

– Il n'est pas le seul, dit Marc. Voilà plus de trente ans que les Américains et surtout les Soviétiques font travailler dans l'espace pendant des mois entiers des équipes de scientifiques, de médecins, de militaires...

– Le satellite dont je vous parle n'a qu'un être humain à son bord. Dans quatre jours, il passera au-dessus du ciel de Cournonterral. Et si personne ne vient délivrer le cosmonaute qu'il abrite, celui-ci mourra, définitivement condamné à tourner en orbite dans ce qui sera devenu son cercueil.

Luc jette vers Marc une grimace inquiète qui signifie clairement ; après tout, notre homme est peut-être bel et bien fou.

– Il existe une Commission européenne aux Affaires spatiales, dit Marc. Ce satellite et son occupant ne lui sont sûrement pas inconnus. Elle doit bien savoir...

– Elle ignore tout, dit l'homme. Si je sollicitais l'aide de la Commission, elle ne prêterait aucune foi à ce que je lui dirais. Ni elle ni aucune autre instance dans aucun autre pays ne me croiraient. Toutes ignorent complètement la présence de ce satellite dans le ciel.

– Mais pourquoi ? demande Luc.

– Parce que ce satellite n'a pas été envoyé depuis la Terre. Il vient d'ailleurs.

5

L'inconnu semble n'avoir aucune illusion sur l'impression qu'il a pu faire sur ses interlocuteurs. Ceux-ci, perplexes, laissent peser un long silence embarrassé ; et dans la vieille maison abandonnée qui a retrouvé pour un soir un simulacre de vie, on n'entend plus que le chant de la brise dans les pierres et le feulement des vieux meubles.

– Il vient d'ailleurs, dit enfin Marc.

Mais cet écho résonne plutôt comme une question.

– Oui. Très exactement de Proxima du Centaure. Il s'agit d'un vaisseau spatial qui a franchi plus de quatre années-lumière pour arriver jusqu'à notre système solaire.

– Attendez, reprend Marc. Comment pouvez-vous affirmer qu'il vient d'ailleurs ? Et qu'il va se mettre dans trois jours en orbite autour de notre globe ?

– Il est en orbite depuis plusieurs semaines. Et je possède ici toutes ses données : son périgée*, son apogée*. J'ai calculé d'après ces chiffres ses jours et heures de passage au-dessus de la France. La semaine dernière, je l'ai observé dans le ciel pendant quatre minutes. Il existe.

– Mais vous avez pu confondre : le ciel fourmille de satellites !

– Je le sais bien. Mais tout concorde, s'entête l'inconnu. Je peux repérer son passage à la seconde près. Il ne peut y avoir d'erreur.

– Allons, dit Luc, peu convaincu : si ce satellite était apparu d'un coup, je suppose que des dizaines d'astronomes s'en seraient aperçus !

– Détrompez-vous. Il y a belle lurette qu'on ne classe même plus les satellites dont la provenance est douteuse. En 1965, les astronomes découvrirent que le ciel comportait un satellite de plus que le nombre officiellement répertorié. Cet objet mystérieux fut surnommé Le Chevalier Noir. Finalement, on s'aperçut qu'il s'agissait d'un troisième étage de fusée qui aurait dû retomber dans le Pacifique mais qui, au dernier moment, s'était maintenu en orbite. Par la suite, de tels incidents se multiplièrent. Non, croyez-moi, la présence d'un satellite de plus ou de moins dans le ciel n'a rien pour étonner les observateurs.

Et comme Marc approuve, Luc, scandalisé, s'exclame :

– C'est absurde ! Nous ne pouvons pas croire qu'un vaisseau habité a accompli incognito un tel voyage. Il ne faut pas rêver. Puis, se tournant vers le vieil homme : Pardonnez-nous, ajoute-t-il, mais quelle que soit la source de votre information, il s'agit forcément d'un canular !

– Attends, dit Marc. Peut-être pas. Bon : j'admets que cette distance dépasse des milliers de fois celle qu'ont jusqu'à présent franchie toutes nos sondes automatiques. Mais ce sont vos informations qui m'étonnent : comment peuvent-elles vous renseigner si précisément sur ce satellite, sur sa provenance exacte, sa date de mise en orbite, ses coordonnées ?...

– Puisque vous êtes montés au grenier, dit-il, je suppose que vous y avez vu le radiotélescope ? Eh bien, celui qui l'a conçu vivait ici il y a soixante-dix ans.

– Soixante-dix ans ? fait Marc en fronçant les sourcils. Cela me semble difficile : en 1930, les radars n'existaient pas. Ils n'ont été mis au point que pendant la Seconde Guerre mondiale.

– Vous êtes bien renseigné, mon garçon, dit le vieil homme en souriant. Mais vous savez que nombre d'inventions comme la photographie, le télégraphe ou l'aéroplane furent conçues au même moment, dans des pays différents, et par des chercheurs qui ne s'étaient jamais vus. Eh bien apprenez que dans les années trente, un inconnu habitant Cournonterral inventait le principe du radar et du radiotélescope ; et il procédait à des pointages vers les étoiles les plus proches. Oh, ce chercheur obstiné s'était évidemment servi des travaux de Hertz qui, dès la fin du XIXe siècle, avait découvert la présence des ondes radioélectriques.

– Il existe tout de même une différence, coupe Luc, entre connaître la présence des ondes hertziennes et construire un radiotélescope !

– Certes. Officiellement, le premier radiotélescope fut construit en 1936. Le propriétaire de cette maison n'avait pas une avance spectaculaire sur la science de son temps. D'ailleurs, il lui fallut bien des années encore pour parvenir à capter le message qui nous intéresse.

– Que voulez-vous dire ? demande Marc.

– Que l'envoi de ce satellite a été annoncé par une émission provenant de Proxima du Centaure.

Un nouveau silence s'installe. Jusqu'à ce que Marc, scandalisé, rétorque :

– Mais voyons, c'est impossible : la constellation du Centaure n'est pas visible depuis notre hémisphère Nord.

Sur les lèvres du vieil homme renaît le même sourire, qui est comme le dernier reflet malicieux d'anciennes joies d'enfant.

– Décidément, on ne peut rien vous cacher. Aussi, le radiotélescope qui a capté ce message n'a rien à voir avec celui que le propriétaire de cette maison a relégué au grenier. Il s'agit d'un appareil très perfectionné, qu'il avait installé très loin d'ici, aux antipodes… Il saisit sur la coiffeuse, parmi les feuilles éparses, un gros cahier d'écolier. Lisez donc ce journal. Vous finirez par comprendre. Et peut-être même par me croire.

L'homme tend le cahier à Marc. Mais c'est Luc qui s'en empare, l'ouvre à la première page qu'il parcourt rapidement. Enfin, il lit à haute voix :

13 septembre 1945

« Depuis plusieurs jours, je suis assailli par le doute. Certes, la vie est un miraculeux hasard sur notre globe, mais pourquoi la création de la vie ne serait-elle pas un parcours obligé ? Aussi vrai que la nature a horreur du vide, l'univers a horreur de l'immobilité ; et du mouvement naît forcément, un jour ou l'autre, la vie. Je suis convaincu qu'elle existe dans notre Galaxie. Cependant, je commence à désespérer de découvrir un signe : les messages provenant d'Altaïr et que capte mon radiotélescope sont trop réguliers pour qu'il s'agisse d'autre chose que du signal émis par l'étoile elle-même.

« Quel dommage que les observations de Hey sur les émissions du soleil sur trois et dix centimètres de longueur d'onde aient été tenues secrètes pendant la guerre ! Que de temps perdu pour des activités destructrices alors qu'il aurait pu être consacré à entrer en relation avec des civilisations étrangères !

28 septembre 1945

« Raisonnons : même si une seule planète sur un million envoyait en ce moment même un signal en direction de notre système solaire, je devrais percevoir quotidiennement dix mille messages.

« Pourquoi ne puis-je en capter aucun ? Sans doute parce que mon radiotélescope n'est pas assez puissant. Ah, c'était bien la peine de rentrer de captivité pour découvrir à Cournonterral un matériel dont je comprends aujourd'hui seulement qu'il est d'une portée dérisoire.

5 octobre 1945

« Dans un siècle ou deux, je suis sûr que nous serons en mesure, par exemple en modulant les signaux naturels du soleil, d'envoyer de puissants messages dans toutes les directions du cosmos. Ou bien nous capterons le premier signal d'une intelligence étrangère. Quels messages ? Quel signal ? La formule du cercle, évidemment ! Le cercle, la sphère, symbole universel de l'Être, négation du néant, main tendue à travers les espaces. Hélas, je ne vivrai assez vieux que pour préparer ce moment, pas pour le vivre.

11 décembre 1945

« André, qu'est devenue Claude ? Qu'est-il arrivé ? Pourquoi, malgré nos menaces, nos promesses, n'as-tu jamais avoué où se trouvait ta sœur, ni comment, ni pourquoi elle avait disparu ? André, comment ne pas te considérer comme coupable alors que tout, en toi, respire la culpabilité ?

Comment ne pas t'accuser alors que tu sembles toujours t'accabler toi-même ?

« André, si un jour tu lis ce journal, je voudrais que tu saches combien j'ai souffert lorsque je suis revenu il y a quelques mois à Cournonterral et que ta mère m'a appris la disparition de Claude.

« Il est possible que ce soit toi, Paul, qui lises ces cahiers. Alors tu ne comprendras pas, toi qui es né en 1939, ni mon chagrin ni l'attitude de ton frère aîné car tu n'avais que deux ans lorsque votre sœur à tous deux nous a quittés. Mais peut-être André t'expliquera-t-il, à toi, après ma mort, ce qu'il n'a jamais voulu me révéler.

« Ah, à quoi bon me duper ? Jamais l'image de ma fille ne me quittera. Toutes les étoiles, toutes les galaxies de l'univers, cette quête absurde d'une intelligence étrangère ne font que me griser sans pouvoir effacer le souvenir de ma petite Claude – Claude qui aurait douze ans aujourd'hui. Oui : je sais que si je m'entête dans ces recherches plus obstinément encore qu'avant la guerre, c'est pour tenter d'oublier…

•

– Ce passage est trop long, dit l'homme en arrachant le cahier des mains de Luc. Il ne vous concerne pas.

– Excusez-moi. Mais c'est vous-même qui m'avez demandé…

– Je le sais bien ! clame-t-il d'une voix tonnante.

Et l'inconnu tord le cahier entre ses mains comme pour dompter une émotion prête à déferler. Ses yeux semblent embués de larmes – et Luc serait presque effrayé par son regard d'animal traqué s'il ne comprenait que ce genre d'individu, s'il est prêt à renverser les montagnes, est incapable de faire du mal à une mouche.

– Mais je voulais vous convaincre, reprend-il en soupirant. L'auteur de ce journal vous paraît-il avoir l'esprit dérangé ? Quelles raisons aurait-il de mentir ?

– Non, avoue Luc. Mais je ne vois pas le rapport entre le satellite dont vous parlez et…

– Eh bien lisez, ordonne-t-il à Luc en lui tendant un autre cahier.

Marc, alors, s'interpose :

– Ne commettons-nous pas une indiscrétion ? Non seulement l'accès de ce camp est interdit, mais nous voici tous trois en train de violer des secrets familiaux !

– L'auteur de ce journal, dit l'inconnu, est mort depuis vingt-cinq ans. Et je vous affirme que vous ne violez aucun secret. Lisez, Luc. Lisez, pour comprendre, lisez pour croire enfin l'invraisemblable.

Le vieil homme se tasse un peu plus sur sa chaise. Il carre son visage entre ses poings et laisse son regard errer sur la garrigue endormie.

Luc regarde Marc, qui approuve doucement ; alors, d'une voix qu'une incompréhensible émotion commence à gagner, il recommence à lire à voix haute.

22 juillet 1946

« Comme j'ai eu tort, il y a quinze ans, d'interrompre mes études de physique et de ne pas achever mon doctorat d'État ! Au lieu de cela, j'ai commis la folie de reprendre cette exploitation vinicole familiale dont je suis incapable de m'occuper aujourd'hui. Le souvenir de Claude ne cesse de me hanter ; je croyais qu'en extériorisant ma peine dans ce journal, je crèverais l'abcès qui me ronge, mais l'aveu de cette obsession ne fait que l'exacerber.

Je ne peux compter sur Denise pour m'aider, ni dans les soins de la vigne, ni dans l'adoucissement de ma peine : son état empire de jour en jour, et je suis sûr que sa maladie n'a pu se déclarer et s'aggraver qu'en raison de la disparition de notre fille.

Quant à André, le souvenir de sa sœur l'obsède, au moins autant que moi ; je suis frappé par son regard brûlant et coupable, par son front ridé – et il n'a que quatorze ans ! André non plus ne peut m'aider. Il ne semble trouver une certaine sérénité qu'en se plongeant dans les vieux livres de science dont j'ai délaissé l'étude ; mais que peut-il y comprendre à son âge ? André, sans jamais m'en reparler, se souvient sûrement des interminables nuits que nous passions, avec Claude, à guetter, attentifs et émerveillés, les messages des étoiles.
Paul, lui, me prend pour un vieux fou. Il est vrai qu'il ne me connaît que depuis un an à peine.

27 novembre 1946

« Paul ne touchera jamais à un radiotélescope. Mais chaque nuit, André, de la fenêtre de sa chambre, guette le moindre de mes gestes. Il meurt d'envie de descendre et, comme avant la guerre, de venir s'installer à côté de moi pour attendre que s'inscrive sur la bande de papier la trace caractéristique du signal de l'hydrogène. Il n'ose pas ; et je n'ose pas non plus l'inviter à me rejoindre. Je suis incapable de faire ce geste qu'il attend, et qui serait un pardon. Sait-il que je souffre autant que lui de cet armistice espéré mais impossible ?

18 février 1947

« Denise est morte hier.

Paul, fou de douleur, ne m'adresse plus la parole.

12 mars 1947

« Combien de temps Paul s'obstinera-t-il dans son mutisme ? À huit ans, il est d'une intransigeance redoutable. André, lui, cache cette nouvelle peine en se repliant de plus en plus sur lui-même.

4 juillet 1947

« André est parti ce matin. Et c'est ma faute. Je ne sais même plus pourquoi nous nous sommes disputés. Tout ce dont je me souviens, c'est de lui avoir jeté excédé : « Comme si je n'avais pas assez à faire avec ton frère ! »

« André m'a regardé. Il n'y avait pas un reproche dans ses profonds yeux noirs, mais une résolution terrifiante, définitive.

« Il est monté dans sa chambre, en est ressorti une demi-heure plus tard, portant la valise en carton bouilli avec laquelle je suis revenu de captivité.

« Adieu, papa, m'a-t-il dit. Puis-je emporter tes livres de physique et de chimie ? »

« Ma colère était tombée ; je l'ai traité d'imbécile, ai tenté de me justifier, lui ai expliqué que je n'étais plus le même depuis la mort de sa mère. Mais il n'y a rien eu à faire : André est obstiné. Cependant, je sais qu'il s'agit d'un coup de tête, et qu'il reviendra.

28 septembre 1947

« André n'est pas revenu. Il s'est engagé comme garçon de ferme à Fabrègues, à quelques kilomètres d'ici, et je n'ai de ses nouvelles que grâce à des voisins. J'espère qu'après les vendanges, il en aura assez de travailler pour des étrangers. Son aide me manque. Et Paul me mène une vie impossible.

24 octobre 1947

« Je suis de moins en moins à l'écoute de mon radiotélescope. Sans doute parce que les signaux des étoiles sont d'une désespérante monotonie. Maintenant, j'en suis persuadé : la vie est une exception. Nous sommes seuls. L'univers est un gouffre de néant, un océan de mort où l'Homme, par miracle, surnage. Et c'est en vain qu'il espère trouver, ailleurs, des interlocuteurs.

7 janvier 1948

« Je dois modérer mon pessimisme et tenir compte du facteur temps : si je recevais aujourd'hui un message envoyé à dix années-lumière d'ici, il aurait été envoyé en 1938 – et si j'y répondais aussitôt, mes interlocuteurs ne le recevraient qu'en 1958. Mais cette première prise de contact serait brève, symbolique ; ce n'est que dans un second temps que mes correspondants m'enverraient un message précis – serais-je d'ailleurs capable de le décoder correctement ?

11 janvier 1948

« J'ai trente-huit ans. Ma durée de vie est dérisoire par rapport aux ambitions de ma tâche. Si les interlocuteurs se manifestaient, comment pourrais-je correspondre avec eux sans l'aide de mes enfants ? Paul, hélas, ne manifeste à mon égard que haine ou indifférence. Il faut qu'André revienne. J'irai le voir demain, je m'expliquerai avec lui.

13 janvier 1948

« André a quitté Fabrègues après les vendanges, et personne ne m'en a averti. Nul ne sait où il est – et lui seul aujourd'hui pourrait me faire signe. André, André, qu'es-tu devenu ? Est-il possible qu'après avoir perdu Claude, je te perde toi aussi ?

25 août 1948

« Paul m'a déclaré hier qu'il souhaitait poursuivre ses études secondaires en pension, à Montpellier. J'ai craint qu'il n'abandonne l'exploitation familiale ; mais Paul m'a rassuré : il veut seulement prendre de la distance avec moi, quitter le cadre étroit du village. Soit.

25 janvier 1949

« Paul m'a semblé plus détendu, lors de ma dernière visite à Montpellier. Il y a retrouvé une de ses tantes, une sœur de Denise. J'en suis très content, bien que cela le détache un peu plus de moi.

4 février 1949

« La solitude me pèse. Que me reste-t-il dans l'existence, sinon la culture de la vigne et ma vieille manie, certaines nuits, de chercher le sens des signaux que nous envoient les étoiles ?

12 avril 1949

« Chaque jour, le fantôme de Claude me hante. Je la revois comme dans un brouillard avec ses grands yeux marron et les cheveux bruns un peu raides que je lui connaissais à six ans. Souvent, je pense à André, aussi, et au secret de la disparition de sa sœur.

« Quant à Paul, l'éloignement le mûrit. Aujourd'hui, je lui découvre des qualités que je ne lui connaissais pas : une certaine ténacité, de la volonté, un caractère ferme, mais d'une intransigeance qui parfois m'effraie.

25 août 1949

« Je sais pourquoi je m'obstine à pointer mon radiotélescope vers Altaïr : cette étoile est l'une des plus proches de la Terre, et si j'en obtenais un signal intelligent, une correspondance deviendrait possible de mon vivant ; mais je ne reçois d'elle qu'un bruit de fond continu, régulier. Je vais me résigner à me mettre à l'écoute d'un astre plus lointain. Mais si j'aboutis, je mourrai avant d'avoir la preuve que mes interlocuteurs ont reçu ma réponse.

10 février 1950

« C'est décidé : je vais partir.

« Pourquoi n'y ai-je pas songé plus tôt ? Autrefois, les enfants et la vigne me retenaient à Cournonterral. Mais aujourd'hui, je sais qu'André ne reviendra plus ; Paul a une tante qui s'occupe de lui. Et j'ai les moyens de confier mon exploitation à des métayers pendant les quelques mois dont j'ai besoin pour effectuer ce voyage aux antipodes. Là-bas, je pourrai observer d'autres constellations. Là-bas, j'oublierai ce qui me torture ici.

26 juin 1950

« Impossible de partir sans assurer la vendange cette année. Et puis un tel voyage ne s'improvise pas : la liste du matériel à emporter est impressionnante. Car à quoi bon se rendre dans l'hémisphère Sud, si ce n'est pour y installer un nouveau radiotélescope plus puissant et plus sélectif que celui de Cournonterral, et pour y étudier pendant quelques mois les émissions des étoiles invisibles depuis la France ?

7 octobre 1950

« Je ne pensais pas qu'il m'en coûterait autant pour le matériel et pour le voyage. Je comptais sur une récolte, comme celle de l'an dernier. Hélas, les résultats sont décevants et les bénéfices modestes. J'essaierai de me procurer la plupart des instruments sur place.

3 février 1951

« Soyons réaliste : ce séjour coûtera beaucoup plus cher et sera beaucoup plus long que prévu. Avec l'accord de Paul que j'ai vu hier, j'envisage de vendre plusieurs parcelles de vignes. Ma question, par ailleurs, était une sorte de test : je croyais que Paul en profiterait pour m'avouer qu'il ne reprendrait pas l'exploitation. Elle lui a permis de m'affirmer formellement l'inverse. Et j'ai très bien compris que Paul reviendra travailler à Cournonterral quand je n'y serai plus. Il veut avoir les mains libres. Et je le comprends très bien.

– Voilà donc, dit Luc en relevant la tête, comment il a réussi à capter un message depuis l'hémisphère Sud !

L'inconnu approuve, saisit d'autres cahiers, jette un bref coup d'œil sur les dates.

– Voyez celui-ci.

– 1953. Mais que s'est-il passé, en deux ans ?

– Il n'est pas parti. Il a dû vendre d'autres terrains, se procurer davantage d'argent. Il a repris des études de physique à Paris, a acheté beaucoup de matériel scientifique. À cette époque, il était en mesure de concevoir des radars qu'auraient enviés les autorités militaires. Mais pour mettre ses projets en œuvre, il lui fallait de l'argent, beaucoup d'argent.

24 juin 1953

« Nous arrivons demain à Porto Rico. Bien que nous ayons à peine dépassé le vingtième parallèle et que nous soyons encore loin de l'équateur, la Croix du Sud est bien visible – quelle superbe constellation ! Il n'y a pas que la Lune à posséder une face cachée : je m'apprête à découvrir l'autre moitié de l'univers.

26 juin 1953

« J'ai quitté avec soulagement le trop prestigieux paquebot Antilles. J'espère qu'à Rio, ma prochaine étape, je trouverai les instruments nécessaires à mes observations.

26 juillet 1953

« Sur le cargo qui nous emmène de Guyane française à Rio, j'ai fait la connaissance d'un Argentin propriétaire d'une exploitation viticole : Anildo Rodriguez. Il s'est pris d'amitié pour moi et nous parlons beaucoup cépages, coupages des vins, soins de la vigne. Nous échangeons des procédés et il est avide de conseils. Anildo est né au Cap Vert, il parle très bien français puisqu'il a fait ses études à Paris. Je lui ai fait part de ma passion pour la radioastronomie, dont il ignore tout. Et il m'invite à venir passer quelque temps dans la propriété qu'il possède à huit cents kilomètres de Buenos Aires ; il me prête une aile de sa villa ainsi que plusieurs hectares de terre pour y installer mes radiotélescopes. J'ai très envie d'accepter. Pourvu que le site convienne !

7 août 1953

« En quelques heures, Anildo et moi avons dû, à Rio, acheter près d'une tonne de matériel technique. Sans lui, comment aurais-je pu expliquer exactement aux entreprises ce que je désirais ? Je ne parle pas un mot d'espagnol. Demain, nous prenons le train qui nous déposera à Rosario, où nous attend la voiture d'un de ses collaborateurs.

24 août 1953

« Je suis en train de vivre un rêve : la propriété d'Anildo est un vrai paradis. Éloignée de toute habitation, de toute usine, les meilleures conditions d'observations y sont réunies. Il est difficile pour un Français d'imaginer combien la nature, ici, peut être encore primitive et sauvage. On n'accède à l'exploitation qu'au moyen d'une route rudimentaire, à peine dessinée, qui court parmi des collines pierreuses, des arbres rabougris. Ici, c'est le printemps ; nous disposons de sept ou huit mois avant les vendanges.

« J'écris sur une petite table, dans la chambre qu'Anildo a mise à ma disposition. De ma fenêtre, j'aperçois un ciel aux teintes délavées où courent quelques nuages gris, et des étendues de vignobles dix fois plus imposantes que celles qu'on voit en Languedoc. Aujourd'hui souffle un vent glacé qu'apportent les courants froids de l'Atlantique.

10 septembre 1953

« J'ai commencé à installer hier, avec l'aide de plusieurs ouvriers agricoles, une vingtaine de radars. Nous les avons disposés en parallèle sur un kilomètre, avec des intervalles de cent mètres.

21 septembre 1953

« Tous les appareils sont opérationnels. Anildo m'a confié plusieurs ouvriers qui me relaieront, et permettront ainsi une observation continue du ciel, jour et nuit. Ainsi, mon rêve se réalise : désormais, sur notre globe, existe une équipe à l'écoute des messages radioélectriques du cosmos. La propriété d'Anildo est devenue la première grande oreille de l'univers.

1er octobre 1953

« Ces nuits d'observations sont passionnantes, même si les premiers messages ne sont que l'habituel amas confus de parasites.

« La semaine dernière encore, je caressais l'espoir qu'ici, de l'autre côté de la Terre, les étoiles seraient plus loquaces. Du moins, elles sont différentes : il y a, proches de la splendide Croix du Sud, les deux étoiles du Centaure, puis les cinq soleils du Loup – deux constellations suffisamment rapprochées de notre système pour que j'espère y déceler des mondes habités. Ah, quelle étrange et baroque ménagerie avec le S géant du Scorpion, le Sagittaire et, près du trapèze irrégulier du Corbeau, la magnifique étoile de l'Épi, dans la Vierge, le Capricorne, le Toucan, le Triangle, l'Autel, le Lièvre, la Colombe, la Baleine, le Phénix, Eridan !

4 novembre 1953

« J'ai reçu une lettre de Paul ; il me demande très gentiment de mes nouvelles et me parle des récoltes avec un enthousiasme et un optimisme qui me surprennent. Désormais, je suis convaincu que Paul, en effet, reprendra l'exploitation ; il fera un excellent viticulteur. Quel dommage qu'André ne puisse pas poursuivre ma tâche dans le domaine de la radioastronomie !

25 juillet 1954

« Hélas, plusieurs mois après le début de mes observations, je dois me rendre à l'évidence : ici aussi, les étoiles sont muettes. Ou plutôt, elles continuent de m'envoyer le même message laconique, sur 1 420 mégacycles. Cette fréquence, celle de l'hydrogène, est évidemment la plus connue de l'univers ; c'est le gaz le plus simple qui soit, toutes les étoiles en possèdent ; de plus, cette fréquence naturelle contient beaucoup plus d'énergie que toute autre portion du spectre électromagnétique. Si des êtres intelligents émettent en ce moment même, ce ne peut être que sur cette fréquence-là.

19 août 1954

« Anildo me propose de rester ici encore quelques mois. Comment refuser ? J'ai bien le temps de rentrer en France. Et ce serait dommage de ne pas rentabiliser moi-même ces radiotélescopes pour lesquels j'ai dépensé une fortune. Désormais, je me passerais difficilement du ronronnement régulier de leurs montures équatoriales et de ces longues nuits d'attente à l'affût des étoiles.

« Je vais demander à Paul s'il accepte de s'occuper encore pendant quelques mois de l'exploitation de Cournonterral.

3 octobre 1954

« J'ai reçu la réponse de Paul. Il accepte.

« C'est décidé : je reste en Argentine encore une année entière.

•

– Non pas une, mais vingt années, dit tristement l'inconnu. C'est-à-dire tout le reste de sa vie. La suite de ses notes est surtout faite de réflexions amères, de longues séries de chiffres, et de la liste de toutes les étoiles dont il a étudié scrupuleusement le spectre pendant des mois entiers : le fruit d'un travail colossal.

Il s'empare d'un autre cahier, feuillette quelques pages. Puis il se met à lire lui-même, d'une voix posée et grave qui vibre dans la petite pièce.

7 septembre 1959

« J'ai trouvé le moyen de perfectionner mes radiotélescopes en faisant déplacer sur rail deux petites antennes : ainsi, je multiplie à peu de frais la surface balayée.

10 octobre 1959

« J'ai reçu une lettre de Paul. Il a vingt ans, il veut se marier. Sa future femme est la fille du boulanger de Cournonterral ; je la connais, elle est honnête, robuste, courageuse. Ensemble, ils feront prospérer l'exploitation.

« Hélas, je ne peux songer à revenir en France assister à la cérémonie, surtout en ce moment où j'observe avec précision tout le ciel austral grâce à mes nouvelles installations.

18 avril 1960

« Treize années de silence enfin rompues : André m'a écrit ! Et quelle lettre : il y fait un bilan sec, bref et précis d'une existence consacrée à l'errance et à l'étude. Il évoque son adolescence solitaire, passée à travailler de ferme en ferme, puis ses succès scolaires et universitaires grâce, dit-il, à l'aide de Robert Esnault-Pelterie ; puis son séjour prolongé dans l'armée, ce qui lui a permis un long voyage en URSS où il a pu travailler avec des scientifiques aux noms barbares : Michaïl Klavdievitch Tikhonravov, Léonide lvanovitch Sédov, Vladimir Vassdievitch Razoumov, Valentin Pétrovitch Glouchko… Enfin, son départ prochain à Hammaguir, et même plus précisément à Colomb-Béchar, d'où, dit-il, il m'écrira.

« En réalité, André était revenu à Cournonterral pour me voir. Il y a trouvé Paul, qui lui a donné mon adresse. Les deux frères ont longuement parlé de l'avenir, et André, comprenant le désir de Paul de reprendre l'exploitation familiale, a décidé de lui céder tous ses droits devant notaire. Voilà, en fait, la raison pour laquelle il m'écrit : pour m'avertir qu'il se déshérite volontairement. André semble avoir beaucoup, beaucoup mûri. Cette lettre n'est pas celle d'un homme de vingt-huit ans, mais celle d'un condamné à perpétuité secret, renfermé. André me redonnera-t-il de ses nouvelles ? Saurai-je au moins où lui écrire ?

30 septembre 1960

« Paul a un fils ! Et me voici à nouveau déchiré entre deux désirs : rentrer en France pour connaître mes petits-enfants, ou poursuivre mes observations dans ce pays où je me suis exilé depuis sept ans. Mais plus le temps coule, plus le fossé se creuse entre Cournonterral et l'Argentine. Mon retour indisposerait sûrement Paul, qui gère aujourd'hui l'exploitation à sa guise, et habite la propriété avec sa femme et son fils.

« Ici, au contraire, je me sens utile : je conseille Anildo pour le choix des cépages, les soins de la vigne. Et de son côté, il m'apporte une amitié sans partage, et une aide précieuse pour la mise en place de radiotélescopes de plus en plus performants.

Transporter en France tout ce matériel est impensable. Que faire ?

•

– Rester, évidemment, déclare l'inconnu comme pour lui-même.

Il s'apprête à poursuivre sa lecture, mais, relevant la tête, il s'aperçoit de la présence de ses deux auditeurs ; et il hésite alors à leur livrer la suite du cahier. Il en feuillette quelques pages, s'éclaircit la voix et reprend :

12 novembre 1963

« L'émotion provoquée par la découverte des quasars* me fait bien sourire : voilà des années que j'enregistre les messages réguliers et puissants de ces astres invisibles. Tout de suite, j'ai compris que malgré (ou peut-être à cause de) la puissance colossale dégagée par ces objets quasi stellaires, leurs émissions ne pouvaient être que d'origine naturelle. J'ai arrêté mon programme d'investigation aux trois mille cinq cents étoiles situées à moins de cent années-lumière, et que je puis observer depuis l'hémisphère Sud. Jusqu'au bout, je conserverai l'espoir d'en capter un signal organisé.

5 février 1964

« Le ciel est désespérément vide. Hélas ! si des êtres intelligents existent dans l'univers, peut-être sont-ils comme moi : capables de se mettre à l'écoute, mais incapables d'émettre jour et nuit des signaux suffisamment puissants. Et si même ils braquent vers nous leurs radiotélescopes, la bande des vingt et un centimètres doit leur apparaître aussi brouillée que celle de n'importe quelle autre étoile. Pour eux, notre Soleil est muet, notre système inhabité.

•

– Il se trompait.

L'inconnu s'empare d'un cahier presque neuf, dont seules les premières pages semblent avoir été écrites.

– Je passe sous silence dix ans d'observations minutieuses et systématiques, dit-il en écartant la pile des autres cahiers. Et je vous invite à méditer ce qui suit. Ou bien l'auteur de ce journal est brusquement devenu fou, ou bien il apporte dans les lignes qui suivent des preuves irréfutables…

– Des preuves ?

– Lisez.

•

26 juin 1974

« C'est inouï, merveilleux, inexplicable !

« À qui confier ce secret, sinon à ce journal ? Anildo ne me croirait pas, ne comprendrait pas.

« Hier soir, comme j'enregistrais par pure routine les signaux provenant de Proxima du Centaure, le miracle s'est accompli sous mes yeux : alors que la bande de papier révélait un trait haché, la courbe est soudain devenue ondulée, régulière, témoignant que venait de se substituer au signal naturel de l'étoile une émission radioélectrique entretenue !

« Oui, il n'y a plus de doute : quelqu'un transmet un message en direction de notre système solaire, à 4,3 années-lumière de distance. Je ne peux encore y croire, et je déchiffre en tremblant cette feuille, pensant avoir rêvé. Mais non, elle est là, elle existe. À moins que je ne sois devenu fou au point que mes yeux m'abusent, j'ai ici la preuve formelle qu'un message est transmis.

« Plus question de dormir. Je reste désormais vingt-quatre heures sur vingt-quatre à l'écoute de mes radiotélescopes.

27 juin 1974

« La réalité dépasse tous mes espoirs. Hier, je redoutais que l'émission s'arrête, qu'il s'agisse d'une simple bouteille lancée dans l'océan de l'espace, d'un envoi unique, isolé, d'un simple signe – ce qui eût d'ailleurs suffi à justifier ces quarante années d'efforts.

« Mais aujourd'hui, je m'aperçois que ce message intelligent est répété de façon régulière. Je me suis attelé au déchiffrage, et ce que je recueille est tellement fabuleux que mon incrédulité grandit plus vite encore que ma joie. Car cela correspond exactement à ce que j'attendais. En somme, c'est trop beau pour être vrai.

« J'attendais la formule du cercle. Et voilà qu'elle m'est donnée sous la forme de deux séries de signaux ininterrompus : des pulsations que je peux reproduire sous forme de traits et de points, les traits ayant une durée d'émission double de celle des points.

« Un autre message, plus court, est constitué de notes brèves séparées par dix pulsations longues – exactement comme si mon interlocuteur voulait me faire comprendre que son système de déchif-

frage est à base dix : notre propre système décimal ! C'est tout simplement miraculeux. Et comme pour confirmer ce code, le message de dix pulsations est à son tour répété dix fois. Non : ce ne peut être là un hasard, c'est le témoignage d'une volonté intelligente, réfléchie, déterminée. On me livre, on me répète une sorte d'alphabet, de mode d'emploi. Puis une série de pulsations dont le décodage est d'une clarté aveuglante : dix traits, trois points, dix traits, quatre points, dix traits, un point, dix traits, cinq points, dix traits, neuf points… Le nombre pi prolongé à neuf décimales ! Suivent des séries plus longues de traits et de points : des séries de cent ! Immédiatement, j'ai songé à les organiser suivant un carré de dix unités de côté. Or, quelle que soit la manière dont on place les points par rapport aux traits (de haut en bas, de bas en haut, de gauche à droite ou inversement), on obtient le dessin grossier mais évident d'une circonférence !
« Mes interlocuteurs sont là – mieux : ils ne sont qu'à 4,3 années-lumière de distance. Proxima du Centaure, l'étoile la plus proche de la Terre ! C'était décidément trop simple…

En vérité, je doutais que la vie pût naître, et a fortiori qu'une civilisation pût s'épanouir sur une planète gravitant autour d'une étoile double, en raison des écarts de température terrifiants que doit subir cet astre à cause de la course irrégulière de deux étoiles. Depuis mon arrivée en Argentine en 1953, j'ai tous les deux ou trois mois environ, régulièrement braqué mes radiotélescopes vers Proxima, vers les étoiles du Loup, du Grand Chien (dont l'étoile principale, Sirius, n'est qu'à 8,7 années-lumière), mais jusqu'ici, je n'avais jamais rien perçu d'autre que le brouillage habituel de la bande des vingt et un centimètres.

« Pourquoi hier, précisément, les pulsations sont-elles devenues irrégulières ? Pourquoi en 1974 plutôt qu'en 1973, 1970, 1965 ?

« Comment décrire ma fébrilité, mon enthousiasme ? Comment clamer à la Terre entière sans passer pour un fou que l'univers est habité, que des êtres intelligents cherchent à communiquer – et que je suis celui qui, le premier, a reçu leur message ?

« Je réfrène mon envie d'écrire cette nouvelle à Paul mais je le vois d'ici hocher la tête, je l'entends murmurer : « Décidément, mon pauvre père a complètement perdu la raison. »

« Même Anildo ne me croirait pas, il ne saurait partager ma joie. Désormais, j'échafaude mille hypothèses : si j'avais la possibilité (hélas, je ne l'ai pas !) d'émettre avec la même puissance qu'eux, ils percevraient mon message à la fin de 1978. Et je devrais attendre début 1983 pour espérer une réponse. 1983 ! J'aurai plus de soixante-dix ans. En somme, mon rêve de dialogue pourrait presque devenir réalisable de mon vivant.

28 juin 1974

« Ma stupéfaction grandit en même temps que mes doutes : les extraterrestres de Proxima s'expriment en français !

« Si j'ai pu croire, avant-hier, à un hasard, à une erreur d'interprétation, les probabilités aujourd'hui s'envolent en même temps que le mystère s'épaissit. Je me suis servi de chaque série de cent pulsations, les ai organisées en lignes sous forme de carrés. Et chacun de ces carrés, de toute évidence, reproduit au moyen des pulsations longues le dessin très net d'une lettre majuscule. Et ces lettres, alignées dans le simple ordre de réception, forment des mots, et les mots forment des phrases dans un style télégraphique absolument traditionnel.

« Je classe, numérote, recopie soigneusement chacun de ces messages. Et je n'en crois pas mes yeux.

3 juillet 1974

« Le message semble achevé ; il n'a été diffusé qu'une seule fois. Après quoi la série de signaux reproduisant un cercle a été répétée dix fois. Puis plus rien… Ou plutôt le brouillage naturel de la bande des vingt et un centimètres a succédé aux émissions radioélectriques entretenues.

« Mais je suis convaincu que dans quelques jours, quelques mois, quelques années, ce message sera répété. Ce qu'il révèle au monde est trop important pour que ne soit faite qu'une seule diffusion.

« Suis-je le seul, sur notre Terre, en ce 3 juillet 1974 à savoir désormais que dans vingt-cinq ans, un vaisseau contenant un envoyé de Proxima du Centaure, après avoir franchi cet abîme de 4,3 années-lumière, viendra se mettre en orbite autour du globe ?

« Nous serons alors en 1999. Vivrai-je jusqu'à quatre-vingt-dix ans pour assister à son arrivée ? Et les autorités se décideront-elles à ce moment-là à accueillir cet hôte extraterrestre qui aura accompli ce voyage pour nous prouver qu'au-delà des espaces, deux espèces intelligentes peuvent se rejoindre ? Jamais mon ambition n'a été au-delà de ce simple espoir : recevoir un message organisé des étoiles, découvrir dans l'univers la preuve que d'autres êtres existent et souhaitent communiquer. Or, voici que m'est en même temps fournie la preuve qu'ils souhaitent franchir la distance colossale qui sépare nos deux systèmes pour arriver jusqu'à nous. Il faut qu'ils soient bien sûrs de trouver un monde habité pour se lancer si hâtivement vers une autre planète après un bref télégramme annonçant leur arrivée.

4 juillet 1974

« Bien sûr : si mes interlocuteurs connaissent le français, c'est parce qu'ils captent nos émissions radio depuis bien longtemps. Ils apprécient notre niveau technologique, ils savent que dans vingt-cinq ans, nous serons en mesure non seulement de capter leurs messages, mais aussi d'accueillir leur messager. Désormais, je reste à l'écoute de Proxima. Peut-être vont-ils répéter leur message, démentir, donner des précisions… Je me perds en conjectures. Est-ce leur premier essai ? Les Centauriens ont-ils déjà visité la Terre ? Imaginent-ils que leur message pourrait passer inaperçu, condamnant ainsi le Voyageur venu du Centaure à tourner définitivement en orbite ?

« Je dois alerter le monde scientifique, me confier à Anildo, écrire à Paul, joindre les astronomes qui, comme moi, sont à l'écoute de l'univers. Eux seront convaincus par mes graphiques, ils constateront l'authenticité du message.

« Paul, André, et toi ma petite Claude, si vous pouviez être là pour partager mon émotion, ma joie ! Ah, si je pouvais vivre jusqu'en 1999 !

5 juillet 1974.

« Hier soir, les étoiles étaient à nouveau muettes. Mais en observant leurs scintillements familiers, je me sentais leur complice.

« À présent, je comprends pourquoi le ciel m'attire. Il est le devenir de l'humanité. Depuis quelques heures, l'univers n'est plus un abîme de néant, mais un domaine où la vie a sa place. Là où beaucoup n'ont jamais vu que des dieux, je sais qu'il y a des hommes.

•

Luc s'arrête de lire, pose le cahier, et laisse errer son regard loin, très loin, au-delà de la garrigue endormie.

– Ensuite ? demande Marc.

– Le cahier s'achève ici, dit l'inconnu.

Il s'en empare, montre que les pages suivantes sont vierges, puis extirpe du repli de la couverture une vieille lettre décachetée, fripée, aux timbres étrangers.

– La suite, explique-t-il avec une grande tristesse dans la voix, ce courrier peut vous en donner une idée. Écoutez :

Cher Paul,

Je me permets de vous appeler par votre prénom, comme votre père avait coutume de le faire lorsqu'il me parlait de vous. Au télégramme que je vous ai adressé la semaine dernière et qui vous faisait part de son décès dans la nuit du 5 au 6 juillet, je me dois d'ajouter ce courrier.

Je comprends fort bien que vous n'ayez pu être présent aux obsèques de votre père. Il est enterré à la limite de ma propriété, et de sa tombe on aperçoit mes vignes, la fenêtre de sa chambre et les alignements de ses radiotélescopes. Il eût aimé, je crois, reposer à cet endroit.

J'aimais beaucoup votre père, Paul. C'était un homme de grande valeur, d'une culture scientifique élevée, et sa discrétion égalait sa sensibilité. Ces vingt années que nous avons passées à travailler ensemble m'ont fait apprécier l'associé dévoué, attentif, fidèle – et l'ami précieux qu'il était devenu.

Comme vous le savez sans doute, il avait fait installer dans ma propriété un matériel d'observation radioastronomique d'une technologie très élevée ; je tiens tous ces appareils à votre disposition ; dites-moi si vous souhaitez que je m'occupe de leur démontage et de leur rapatriement en France, ou de leur vente sur place. Quoi qu'il en soit, ils peuvent rester ici tant que vous le jugerez nécessaire, ils ne m'encombrent pas. Quant à ses affaires personnelles (photos, carnets, objets quotidiens, ainsi que de nombreux cahiers de notes : journal intime, feuilles d'observations radioastronomiques, etc.), je vous en fais un paquet qui sera acheminé par bateau et vous parviendra dans quelques semaines.

Je crois savoir que vous avez un frère du nom d'André. Pourrez-vous le contacter afin de régler avec lui les problèmes de succession ? Je me tiens à votre disposition pour vous fournir tous les renseignements administratifs dont vous pourriez avoir besoin.

Cher Paul, bien que de grandes distances nous séparent, je me sens très proche de votre chagrin. Ma seule consolation, dans ce deuil brutal, est que cette crise cardiaque a surpris votre père alors qu'il se livrait à l'activité à laquelle il a consacré toute sa vie : la radioastronomie. Je vous renouvelle toute ma sympathie et vous adresse, avec mes condoléances, l'expression de ma vive amitié.

Anildo Rodriguez

•

L'inconnu ne lit même pas les dernières phrases ; il les récite, il les connaît par cœur puis ajoute :

– Paul a reçu cette lettre ici même, il y a vingt-cinq ans. Car c'est Paul qui a habité cette maison. Jusqu'en 1976. Mais s'il a lu ce que lui écrivait Anildo Rodriguez, il ne s'est pas intéressé aux cahiers de son père.

– Comment pouvez-vous l'affirmer ? demande Marc.

– S'il l'avait fait, il aurait prévenu les autorités scientifiques. Et le monde entier, aujourd'hui, saurait qu'un satellite habité venu de Proxima tourne autour de la Terre.

– N'est-il pas encore temps de prévenir la Commission européenne aux Affaires spatiales ?

L'homme hausse les épaules, grommelle :

– Le temps qu'elle vérifie les informations que je lui livrerai, que les documents radioastronomiques soient étudiés, analysés, authentifiés, le temps qu'une expédition soit frétée – et notre extraterrestre ne sera plus qu'un cadavre en orbite ! Songez que son vaisseau tourne déjà là-haut depuis plus de quinze jours.

– Je ne comprends pas pourquoi ce radiotélescope, ce journal intime, et tous ces documents ont été relégués et oubliés dans ce grenier ! dit Luc.

– C'est pourtant simple. Paul ne s'intéressait pas à la radioastronomie. Quant au journal, peut-être a-t-il commencé à en lire les premières pages ; mais en constatant qu'il n'y était question que de radars, d'antennes et de constellations, il a dû renoncer à poursuivre une lecture qu'il jugeait sûrement rébarbative et sans intérêt.

– Mais lorsqu'il a été exproprié, dit Marc, il a donc abandonné sur place tous ses souvenirs de famille ?

– Oui. Il a jugé que ce fatras pseudo-scientifique ne méritait pas le transport.

Dans cet aveu, l'inconnu laisse percer une amertume que Luc n'est pas loin de partager. Comment la longue histoire de ce chercheur qui a consacré sa vie à capter des signaux des étoiles a-t-elle pu laisser un fils indifférent ?

– Ce Paul, demande Marc, où est-il ? Qu'est-il devenu ?

– Il a été expulsé en 1976, au moment où fut décidée l'implantation sur le site de Cournonterral d'un centre de recherches spatiales.

Luc considère la pile des vieux cahiers abandonnés en désordre sur la commode, puis l'inconnu, dont le front ridé se plisse davantage encore sous l'insistance de ce regard. Au loin, l'aube se lève. Quelques cigales risquent un appel furtif, effaçant la nuit qui s'achève. Luc comprend que dans quelques minutes, la magie de cette nuit se dissoudra avec le jour. Alors, il risque d'une voix hésitante :

– Et vous ? Pourquoi avez-vous franchi l'enceinte interdite du camp ? Comment avez-vous découvert ces documents dans ce grenier ? Et en quoi vous regarde le sauvetage de cet extraterrestre venu de Proxima du Centaure ?

L'homme se frotte longuement les mains, comme s'il cherchait dans ce geste le courage nécessaire à ses aveux.

– Voyez-vous, j'ai moi-même bien connu cet endroit. J'y ai vécu, enfant. Et je n'y suis revenu, clandestinement, il y a environ un mois, que pour retrouver la maison où j'ai grandi, où j'ai été élevé. Je désirais revoir les lieux où j'observais autrefois les étoiles avec mon père.

– Votre père ?

– Mon père est l'auteur de ce journal. Je suis André, son fils aîné.

Le rendez-vous spatial

6

Luc et Marc roulent en VTT sur la garrigue déserte écrasée de chaleur. C'est l'heure torride où le chant des cigales se répercute en multiples échos ; c'est l'heure immobile où le ciel couvre la mer brumeuse de sa coupole d'acier bleui.

Le premier, Luc se fraie un chemin sous une haie d'arbustes rabougris. Même les petits lézards bruns ne fuient pas à son approche ; et ceux qui ont trouvé dans un recoin des murets de pierres un nid étroit de fraîcheur ne frémissent pas au bruissement des pas étrangers.

Ils longent un instant la vieille rigole d'une vigne abandonnée. Les rangées de ceps ne laissent plus saillir de la terre ocre que quelques tronçons de bois noir et tordu. Poussant leurs vélos devant eux, ils s'engagent sous un figuier centenaire et parviennent à la limite de la zone interdite. Là, les barbelés ont été cisaillés sur une largeur suffisante pour laisser le passage à un homme – un homme et une bicyclette.

Ils franchissent la brèche, entrent dans le camp et marchent un long moment sur un tapis touffu de lavande. Puis ils s'engagent sur un chemin de terre encombré d'herbes folles. Ils se remettent en selle, mais pédalent en mesurant leurs efforts.

Bientôt, ils arrivent en vue des ruines de La Fertalière, dont la sombre silhouette, effet de la chaleur, semble onduler sur la toile éblouissante du ciel. Lorsqu'ils parviennent aux abords de la demeure édifiée près des ruines, ils aperçoivent, garée à l'ombre d'un gros eucalyptus, la petite voiture électrique.

En plein jour, la bâtisse apparaît dans tout son délabrement. Les trous obscurs des fenêtres sans vitres tranchent sur la couleur sable des pierres disjointes. Quant à la bergerie attenante, privée de toit, elle semble une dépendance des ruines du château. On devine l'ancienne cour face aux trois oliviers plantés en triangle qui encadrent le puits de pierre bossu. Cette mer de broussaille, plus loin, a dû être autrefois un jardin potager.

Les garçons déposent leurs vélos près de la voiture, pénètrent dans la maison dont l'haleine glacée les surprend ; puis ils montent l'escalier de bois sombre qui serpente vers le premier étage.

– Luc, Marc ! Je suis content de vous voir.

André se lève, un sourire mélancolique aux lèvres, et va leur serrer vigoureusement la main.

– Comme je vous l'ai promis hier, j'ai retrouvé les messages enregistrés par mon père.

Il extirpe d'un classeur une liasse de feuilles perforées.

– Voici les signaux sonores retranscrits en ligne sur le papier. Puis, superposant d'autres feuilles aux premières, il précise : Et voici les mêmes signaux recopiés par groupes de dix. Voyez : si vous reliez entre eux les traits longs, vous distinguez aisément le dessin d'une lettre.

– Les feuilles sont numérotées, ajoute André. Lisez. Et dites-moi si vous pensez que mon père a rêvé, ou si vous me prenez pour un vieux fou.

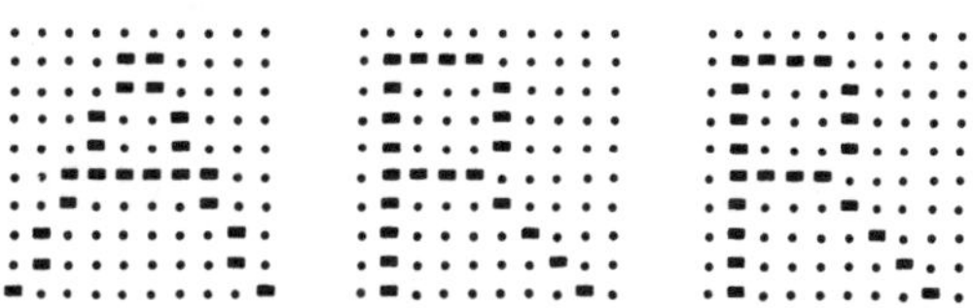

– Non, dit Luc vivement. Non : Marc et moi avons passé la matinée à parler de tout ce que vous nous avez révélé hier.

– Nous ne mettons pas vos paroles en doute. Serions-nous revenus si nous ne vous croyions pas ?

André, spontanément, pose ses larges mains sur les épaules des deux jeunes gens. Il hoche la tête en soupirant, en souriant. Une lueur inhabituelle anime son regard.

– Merci, murmure-t-il. Je n'espérais pas trouver des alliés. Voilà bien des années que je ne me suis pas autant senti en confiance.

Luc feuillette la liasse, épelle, s'impatiente.

– Avez-vous reconstitué le message entier ?

– Bien entendu, dit André. Le voici :

« Arrivée 21 juillet 1999 vaisseau spatial habité qui se mettra en orbite autour de la Terre Coordonnées approximatives apogée 1 860 kilomètres périgée 920 kilomètres passages au-dessus de la France tous les cinq jours à dater du 21 Prière accueillir notre envoyé. »

Pendant le long silence qui suit, Marc déchiffre plusieurs fois le message qu'André a soigneusement recopié sur un carnet ; puis il reprend la liasse des feuilles, la parcourt encore.

– Tout de même, murmure-t-il, j'ai peine à croire...

– Moi aussi ! s'exclame André. Moi aussi, lorsque je suis arrivé ici le mois dernier, lorsque j'ai retrouvé le journal de mon père puis ces classeurs et ces liasses qui dormaient, à l'abri de tout regard, depuis vingt-cinq ans, j'ai douté. J'ai cru à une farce, à un coup monté : le hasard était trop extraordinaire. Mais le format du papier, 21/27, correspond à celui qu'on utilisait à cette époque-là. J'ai aussitôt observé le ciel au télescope, et constaté la présence de ce satellite étranger. Il réapparaît tous les cinq jours, et ses coordonnées sont bien celles que fournit le message.

– Mais ce style télégraphique..., commence Marc.

– Il avait déjà frappé mon père. Il y avait de quoi. Et puis ces phrases ainsi rédigées en français, avec les indications en jours, en mois, en années, en kilomètres ! Mais si ces extraterrestres sont capables de faire voyager vers la Terre un vaisseau pendant vingt-cinq ans, comment s'étonner qu'ils connaissent notre langue et notre civilisation ? Venez : je veux vous montrer les fusées que je tente de remettre en état. Cela vous intéresse-t-il ?

Les deux garçons échangent un regard bref.

– Et comment !

Comme André s'engage dans l'escalier étroit, Luc est tout à coup frappé par la silhouette voûtée, par la façon familière qu'a le vieil homme de saisir à pleine main la rampe. Oui : ce cou épais, cette chevelure brune et drue, cette mâchoire volontaire lui rappellent quelqu'un d'autre.

– Laissez donc vos vélos ici, propose-t-il aux garçons lorsqu'ils parviennent tous trois dans la cour herbue inondée de soleil. Et montez plutôt avec moi en voiture.

La chaleur y est insupportable. André actionne la climatisation ; et le véhicule se met en route. André conduit avec une extrême prudence, évite les nids-de-poule, fixe son attention sur les hangars qui, au loin, bordent les aires de lancement.

– Où habitez-vous ? demande Luc tout à coup.

– Je n'ai pas de résidence fixe. Depuis que je suis arrivé dans la région, je loge à l'hôtel Pinède, à Fabrègues.

– Vous avez dû beaucoup voyager, commence timidement Marc, depuis que vous avez quitté Cournonterral il y a…

– Il y a plus de cinquante ans, achève André en rougissant. Oui, j'ai été faire des études à Nice ; j'ai travaillé à Toulouse dans l'aéronautique, et mes connaissances scientifiques m'ont permis, dans l'armée, de faire plusieurs voyages en Union soviétique et de participer, à Colomb-Béchar… André hésite, puis se tourne vers Marc et lui lance : Après tout, vous savez très bien où j'ai été et ce que j'ai fait, puisque vous avez lu le journal de mon père !

Comme un silence embarrassé s'installe, Luc murmure doucement :

– C'est vous-même qui nous y avez invités, André. Nous ne vous connaissons que grâce au bref résumé que fait votre père de la lettre que vous lui avez écrite avant d'aller à Hammaguir. Mais nous savons très peu de choses de vous puisque vous n'avez plus donné de nouvelles après avoir…

Luc s'interrompt, confus. Il comprend que reculant ainsi dans le temps, il rappelle à André la mystérieuse disparition de sa sœur Claude, ce drame qui fut la cause de son départ définitif de Cournonterral. Il se rend compte qu'une parole maladroite peut rouvrir une plaie encore douloureuse après cinquante-huit ans.

– Je suis célibataire, viticulteur et ingénieur en astronautique, dit sèchement André. Je suis célibataire parce que je ne veux pas d'enfant, viticulteur parce que mon père m'a appris son métier, et spécialiste des moteurs-fusées à liquide grâce aux connaissances que m'a transmises Valentin Pétrovitch Glouchko. Cela vous suffira-t-il pour l'instant ?

Il fixe la mauvaise route d'un air têtu et serre les mâchoires comme s'il regrettait d'en avoir trop dit. Il semble redouter que les garçons manifestent la moindre curiosité ou la moindre compassion envers lui.

– En somme, si vous tentez de remettre en état les fusées entreposées dans les hangars du centre…, commence Marc.

– C'est dans le but d'aller délivrer l'extraterrestre, achève André. Oui : c'est pour le ramener sur la Terre.

Luc ne sait que répondre à ce vieil homme têtu dont il se sent étrangement proche – peut-être parce qu'au fond de lui-même, André a conservé une âme d'enfant.

– Vous êtes parvenu à franchir l'étape essentielle, dit Marc. Vous avez réussi à faire décoller une fusée Ariane !

– Cette étape est loin d'être la plus difficile, soupire André. Je sais que le combustible* et le comburant* doivent être dosés dans des proportions rigoureuses de façon à ce que la fusée parvienne en orbite. Il faut assurer la fiabilité du système électronique de décrochage des étages, calculer avec précision la mise en orbite. Deux difficultés gigantesques s'ajoutent à cette opération : réaliser un rendez-vous spatial avec sortie et récupération d'un être vivant dans un autre vaisseau, et faire revenir ces deux passagers sur la Terre, le plus près possible du lieu de leur décollage.

– Mais ce type d'opération s'effectue quotidiennement depuis trente ou quarante ans, dit Luc.

– Certes. Avec un matériel récent et une équipe de spécialistes. Seulement je ne dispose ici que de fusées périmées. Et je suis seul. La moindre erreur, la plus petite négligence, et ma capsule rate le satellite étranger, ou bien elle va se mettre en orbite solaire – à moins qu'elle ne se volatilise au contact de l'atmosphère ou ne retombe au milieu de l'océan Pacifique…

Luc comprend que la tâche entreprise par André est mille fois plus complexe et risquée que les vols de navette popularisés par les informations télévisées.

– Les risques sont trop grands, murmure Marc. C'est de la folie... Non : il faut prévenir les autorités et récupérer le voyageur du Centaure avec une équipe compétente et un matériel récent.

– C'est prévenir les autorités qui constitue un risque trop grand ! jette André. Et désormais, je dois agir très vite. Moi aussi, je suis compétent. Même si je connais mes limites. Oh, je suis incapable de mettre à feu une fusée moderne, mais je me sens tout à fait en mesure de faire partir l'une de celles qui sont entreposées ici. Une Titan II à propergols* liquides, par exemple.

– On va vite vous repérer, dit Marc.

– Oui, renchérit Luc. Il y a deux semaines, nous avons été alertés à Cournonterral par vos tentatives de mise à feu. Aujourd'hui, il suffit qu'un promeneur isolé aperçoive cette voiture électrique depuis la route pour que notre présence au camp soit révélée à la gendarmerie et notre petit manège découvert.

– Vous tenez tant à devenir mes complices ?

– Ma foi, dit Luc, nous n'avons plus guère le choix. Vous aider à sauver la vie d'un voyageur qui a accompli 4,3 années-lumière, c'est un crime pardonnable. Et j'avoue me sentir plus en sécurité à vos côtés que dans la garrigue, où nous recevions parfois les débris de vos explosions.

– Aujourd'hui, dit André, vous assisterez au lancement avec moi depuis la salle des commandes.

La voiture est arrivée sur l'immense esplanade au bout de laquelle se profilent les bâtiments du centre. André arrête son véhicule à proximité de l'ancien immeuble réservé aux bureaux et à l'administration. Çà et là, sur le béton lézardé, le lierre a commencé le lent assaut des murs.

André fait entrer ses hôtes dans un couloir désert, ouvre la dernière des douze portes. Luc et Marc, qui s'attendaient à trouver un local aussi vétuste et délabré que la maison près des ruines, ne peuvent retenir leur stupéfaction : la pièce est encombrée de plusieurs tables à dessin, de bureaux métalliques couverts de classeurs, de plans, de maquettes. Au fond, près d'un ordinateur, dont l'imprimante a débité plusieurs mètres de papier, un grand tableau noir est couvert de croquis, de calculs de trajectoires, de chiffres.

– J'ai remis ce bureau en état pour y travailler. C'est ici que je vis une bonne partie de la journée. J'ai rassemblé dans cette pièce tous les documents nécessaires à la préparation du départ.

– Où sont les fusées ? demande Marc.

– On accède aux hangars par la porte du fond. Venez.

Ils traversent la pièce, pénètrent dans une sorte de sas, qui ouvre sur un lieu immense baignant dans une pénombre laiteuse.

Luc et Marc restent interdits devant le spectacle : là sont impeccablement alignées une dizaine de fusées hautes de trente ou quarante mètres. Leur acier luit doucement ; et il semble aux deux garçons qu'ils viennent de franchir le seuil d'un musée, d'un mausolée où dorment depuis longtemps, derniers témoins de la première conquête spatiale, des monstres de métal prêts à reprendre leur envol.

– Les réservoirs de propergols se trouvent loin d'ici, dans un bâtiment annexe, explique André. J'ai eu beaucoup de mal à débloquer les dispositifs de sécurité et à remettre en marche le système autonome électrique qui fonctionne avec une pile atomique... Grâce à elle, j'ai pu réalimenter en énergie tout le centre et la maison près des ruines ; j'ai pu climatiser les locaux administratifs où je travaille et surtout refroidir les propergols.

– Kérosène ? demande Marc. Oxygène liquide ?

– Non. Ces propergols* classiques étaient utilisés pour les fusées Titan I, mais ils possédaient de graves inconvénients. Les fusées Titan II utilisent de la diméthylhydrazine asymétrique* comme combustible, et du peroxyde d'azote* comme comburant. L'avantage de ces deux produits est qu'ils peuvent être conservés très longtemps à température normale. Malheureusement, ils s'enflamment au simple contact l'un de l'autre. Aussi faut-il les manier avec d'infinies précautions.

– Ainsi, dit Marc, vous risquez quotidiennement votre vie pour en sauver une autre !

– Ma vie n'est plus rien à côté de celle de l'être venu du Centaure. De plus, sauver ce voyageur étranger constitue à mes yeux une dette.

– Une dette ?

– Oui. Je veux poursuivre l'entreprise de mon père, et lui prouver, après sa mort, que le message a bien été transmis, que l'un de ses enfants, comme il l'espérait, est là en 1999 pour accueillir ce cosmonaute dont il avait reçu, voici vingt-cinq ans, l'annonce de l'arrivée.

À présent, ils déambulent dans l'immense hangar ; et l'écho de leurs pas se répercute longuement contre les parois lisses.

– Ces modèles de fusées ont été abandonnés pour la plupart, commente André. On les a reléguées ici parce qu'elles sont trop vieilles pour être opérationnelles, et trop récentes encore pour être considérées comme des objets de musée. Mais ce sont des engins robustes, de conception relativement simple.

Luc songe qu'André ressemble à ces amoureux de voitures de collection qui remettent en état des véhicules vieux de vingt-cinq ans, et en connaissent par cœur la mécanique et le fonctionnement.

Ils s'approchent des énormes masses des fusées. Leurs coques ont des rondeurs de cétacés et des luisances d'écailles.

– Quels problèmes vous reste-t-il à résoudre ? demande Marc.

– Hier, ils étaient quasiment insurmontables. Car si j'étais déjà en mesure de remplir les réservoirs de ma fusée Titan II et de placer sur orbite une capsule de type Gemini, il me fallait une aide logistique à l'intérieur du centre spatial. En effet, quelqu'un doit contrôler au sol la trajectoire de la fusée, la mise à feu des étages, le vol de la capsule et son retour sur Terre.

– À présent, dit Luc, nous sommes là. Dites en quoi nous pouvons vous aider. Nous ferons de notre mieux.

André esquisse un sourire – mais il semble plus accablé de soucis que la veille. Luc songe que le vieux chercheur, jusqu'à présent, a combattu désespérément, en aveugle. Aujourd'hui qu'il a trouvé des interlocuteurs et des alliés auxquels il peut faire part de ses inquiétudes, de ses doutes, de ses problèmes, il mesure mieux la folie de son entreprise, l'irréalisme de son ambition.

– Nous devons retrouver les réserves d'oxygène, contrôler l'état de la capsule Gemini qui est déjà en place sur le nez de cette fusée Titan II, préparer un scaphandre, et vérifier les calculs de trajectoire – cela va nous demander plusieurs jours de travail.

– Qu'importe ! s'exclame Marc. Par où devons-nous commencer ? Nous sommes loin d'avoir vos connaissances scientifiques pour travailler aux calculs sur ordinateur ; mais nous pouvons accomplir des tâches pratiques : remplir les réservoirs de la fusée, par exemple.

André s'approche des deux garçons, les saisit par les épaules et les étreint ; dans sa gorge, sa glotte descend et remonte sans cesse, comme s'il souhaitait formuler l'émotion qui l'étouffe.

– Non. Le remplissage des réservoirs est l'une des dernières opérations avant le départ. Commençons plutôt par vérifier le bon fonctionnement de tous les organes de la capsule Gemini, et celui du dispositif de séparation des deux étages. Cela occupera largement toute la fin de notre après-midi.

– Deux étages ? s'étonne Marc.

– Oui. Toutes les fusées n'ont pas trois étages. Et une Titan II, avec ses deux étages qui totalisent à peine trente mètres de hauteur, peut satelliser une masse de trois tonnes et demie. Un autre élément m'a guidé dans le choix de cette fusée : elle est dotée d'un MDS.

– En clair ? demande Luc.

– *Malfunction Detection System* : un système destiné à déceler les défauts de fonctionnement, une série d'instruments qui surveillent tous les éléments vitaux et avertissent les astronautes en cas de défaillance. D'autre part, le guidage de la fusée est de type radio-inertiel*. C'est un réseau de guidage par télécommande qui permet au centre de contrôle de suivre avec précision le vol du vaisseau jusqu'à sa mise en orbite. Puisque vous acceptez de m'aider, vous allez devoir vous familiariser avec lui.

André a réparti les tâches.

Marc a gagné le sommet de la fusée Titan II, et il a pris place à l'intérieur de la capsule. À présent, une liaison radio est établie avec la salle de contrôle, voisine du bureau où André a installé son QG. Depuis cette salle, Luc et André indiquent à Marc la signification des cadrans et le fonctionnement des manettes. Il en existe une bonne centaine.

– Les voyants de sécurité doivent s'allumer aussitôt qu'une anomalie est décelée par les ordinateurs reliés au MDS. Dès que la pression ou la température des propergols s'écartent des limites de sécurité, la capsule est automatiquement éjectée.

– Si les victimes de *Challenger* avaient disposé de ce dispositif…

– Ils disposaient d'un dispositif plus fiable encore, mais l'accident est toujours possible, la sécurité n'est

jamais totale. Dans notre cas, une fusée quadrituyère*
à propergol solide est chargée d'éjecter l'habitacle à bonne distance de la fusée porteuse en cas de défaillance.

Lorsque la nuit tombe sur la garrigue, les vérifications ne sont pas achevées. Mais André juge imprudent d'allumer les lumières des locaux.

– Nous terminerons demain, décide-t-il. Peut-être aurons-nous le temps de contrôler l'état des deux étages. Cette nuit, à l'hôtel, je vais un peu travailler sur les différents calculs de trajectoire.

Quand ils quittent les bâtiments, ils lèvent tous trois la tête vers le ciel étoilé. Luc désigne un point qui se déplace insensiblement au zénith.

– Qui sait si ce n'est pas là notre satellite ?

– Non, dit André. Son prochain passage aura lieu le 10 août.

– Dans trois jours ! Croyez-vous que l'opération pourra être tentée à ce moment-là ?

André fronce ses épais sourcils, réfléchit, conclut :

– Avant-hier, c'était invraisemblable. Mais grâce à vous, je serai peut-être prêt.

– Essayons d'établir notre plan de vol en nous basant sur cette date, suggère Marc, quitte à le reculer de cinq jours si nous manquons de temps.

Comme ils entrent dans la petite voiture électrique, André leur propose de les raccompagner à Cournonterral pour leur éviter un long trajet à bicyclette. Le véhicule cahote sur le chemin de terre, franchit trois buttes, puis s'écarte de la route et s'engouffre dans un tunnel aménagé sous les broussailles. C'est l'endroit qu'a choisi André pour aménager un passage clandestin.

Lorsque la voiture quitte la haie d'épineux une dizaine de mètres plus loin, la limite du camp est franchie. La nuit est claire. On distingue, dans le lointain, la ligne continue de la côte grâce aux lumières de Palavas.

André rejoint la route nationale sur le plateau, accélère l'allure. Et il arrive un quart d'heure plus tard en vue de Cournonterral, où il dépose ses deux passagers avant de s'éloigner vers Fabrègues.

– Voudrais-tu repasser chez moi après le dîner ? demande Luc.

– Pourquoi donc ?

– J'ai quelques questions à poser à mon grand-père et j'aimerais que tu sois là. Mais quoi que je dise et quoi qu'il réponde, je souhaiterais que tu n'interviennes pas, que tu ne manifestes aucune surprise… Entendu ?

– Qu'est-ce que tu mijotes ?

– Viens vers dix heures. Tu verras bien.

7

En entrant dans la grande salle de séjour, Luc trouve sa famille réunie devant la télévision.

– Je suis un peu en retard pour le dîner, excusez-moi.

– Nous avons l'habitude, dit sa mère en soupirant. Nous venons de manger le dessert.

– Tu trouveras ce qu'il faut au frigo, ajoute son père.

Grand-père Paul et lui suivent distraitement le programme.

– Ah, dit Luc en posant son assiette sur la table, j'ai demandé à Marc de venir prendre le café.

– Excellente idée, lance grand-père Paul. Nous regrettions justement que tu ne sois pas là pour le faire, le café.

Lorsque Luc passe ses vacances chez son grand-père, il a l'habitude d'assumer certaines tâches : mettre le couvert, débarrasser la table, aller chercher le pain et le journal le matin, le lait le soir – faire la vaisselle et le café après chaque repas. Quant à Marc, nul ne s'étonne que Luc l'ait invité : il habite le village et c'est un habitué de la maison.

Il arrive comme prévu peu après vingt-deux heures, distribue des bonsoirs à la ronde, et proteste parce qu'on profite de sa venue pour éteindre la télévision.

– Eh bien, lance jovialement Mme Pic, qu'est-ce que nos deux lascars ont fait comme bêtises aujourd'hui ?

– Des bêtises ? répond Luc. Nous rassemblons le matériel qui nous permettra d'observer la future éclipse du siècle.

– Ce sont bien des bêtises, en effet, grommelle grand-père Paul, qui enchaîne aussitôt sur les vendanges proches.

Les soins intensifs à cette période de l'année lui coûtent plus qu'à l'accoutumée ; Paul se plaint de vieillir, il avoue, la soixantaine arrivée, songer de plus en plus à prendre sa retraite.

– L'exploitation va mourir, déclare-t-il en jetant un regard de reproche vers son fils. Tu as un métier,

Sylvain. Tu as une femme, un fils ; tu habites Paris, et je sais bien que la viticulture ne t'a jamais passionné. C'est sans doute pour cela que je retarde d'année en année la vente du domaine.

– Tu oublies, grand-père Paul, que tu as un petit-fils, dit Luc. Et si celui-ci voulait prendre ta succession ?

Les regards se tournent vers Luc, qui propose une seconde tasse à tout le monde. Sur l'assemblée plane un long silence.

– Voilà qui est nouveau, grommelle Paul en touillant dans sa tasse le sucre qu'il n'y a pas mis. Oui, voilà qui est nouveau ! Toi, Luc, tu t'intéresserais à la viticulture ? Allons donc ! Tu viens de décrocher le bac, tu t'es inscrit à l'université à Paris…

– Ce n'est pas contradictoire, dit Luc. Si tu m'avais plus souvent parlé de tes vignes, grand-père, peut-être m'auraient-elles intéressé plus tôt. J'ignore même depuis quand la famille Pic les possède et les gère.

– Depuis longtemps, avoue Paul. Mon père possédait quelques arpents. C'est lui qui a agrandi l'exploitation entre les deux guerres.

– Ce devait être un sacré bonhomme !

– Mon père ? Pour ça oui, jette Paul en ricanant. Figure-toi qu'après avoir rassemblé toutes ces terres, il a failli les dilapider entièrement peu de temps après.

– Les dilapider ? Mais pourquoi ?

Grand-père Paul fronce ses sourcils sombres et touffus. Et il frotte l'une contre l'autre ses deux grandes mains avant d'expliquer, en prenant à témoin tous ceux qui l'entourent : Marc, Luc et ses parents :

– Dans les années cinquante, il a liquidé une partie des terrains acquis avant la guerre. Et il s'est expatrié. C'est moi qui ai dû reprendre l'exploitation en main, racheter ce qui avait été vendu, et recommencer à entretenir les arpents qu'il avait laissés à l'abandon.

– Mais pourquoi avait-il vendu ses terrains ?

Paul regarde son petit-fils avec étonnement.

– Ton arrière grand-père, Luc, était un drôle de bonhomme ! reprend Paul avec une amertume mal dissimulée. Il avait une marotte : il observait le ciel avec des radars qui coûtaient les yeux de la tête. Et ce vice a bien failli conduire à la ruine toute la famille.

– Il s'est expatrié, dis-tu ?

– En Argentine. Il y est mort en 1974. Il n'était jamais revenu en France. Vois-tu, Luc, j'ai bien peu connu mon père : comme je suis né en 1939 et qu'il est resté prisonnier en Allemagne pendant la guerre, nous n'avons vécu ensemble que pendant huit ans, entre 1945 et 1953.

Au bout de la table, Marc suit la conversation avec stupéfaction.

– Attends, grand-père, reprend Luc sans marquer la moindre surprise. Veux-tu dire qu'il t'a abandonné quand tu n'avais que quatorze ans ? Et tu as repris l'exploitation seul, et si jeune ?

– Je crois que grand-père Paul a eu un frère et une sœur, dit Sylvain Pic.

– Un frère et une sœur ? Mais tu ne m'en as jamais parlé, papa ! dit Luc.

– Évidemment, se défend Sylvain Pic. Je n'ai moi-même jamais connu cet oncle et cette tante ! Et toi-même, papa, tu en parlais très rarement.

Devenu le centre de tous les regards, Paul hésite. Il semble consulter du regard sa belle-fille, son fils, puis Luc et son ami Marc.

– C'est une si vieille histoire, murmure-t-il. Une si vieille histoire de famille…

– Eh bien, raconte-la-nous, grand-père, l'encourage Luc. Si je reprends l'exploitation, je veux connaître son histoire. Et l'histoire de ceux qui l'ont bâtie.

Paul hoche lentement la tête, se frotte encore les mains, semble écouter le chant des grillons, au loin. Puis il avale sa deuxième tasse de café cul sec et se lance :

– Soit ! J'ai eu en effet une sœur. Elle a dû naître en 1934 ou en 1935. Mais elle est morte quand j'avais à peine deux ans, et je n'en ai aucun souvenir. Quant à mon frère aîné, André, il est parti quelques années plus tard. Et je ne l'ai jamais revu.

– Plus jamais ?

– Non. S'il est encore en vie, il doit approcher de soixante-dix ans.

– Et pourquoi est-il parti ?

– Comment veux-tu que je le sache ? s'écrie Paul, excédé.

Attentive, la famille attend. Elle attend que Paul aille chercher dans le buffet de la salle la bouteille de vieux marc ; elle attend qu'il s'en serve un fond de tasse. Mais Paul ne boit pas. Il fixe son attention sur l'alcool qu'il agite doucement d'un geste régulier de la main.

– Bien sûr, murmure-t-il enfin à voix basse, bien sûr que je sais pourquoi il est parti. Il est parti parce qu'il était responsable de la mort de sa sœur – de notre sœur. Il est parti parce que, notre mère morte, la vie avec notre père était impossible. Oui, le climat était devenu un enfer.

– Cette sœur, insiste Luc, comment est-elle morte ?

– Justement. Personne ne l'a jamais su. On n'a pas retrouvé son corps. Et André n'a jamais voulu dire ce qui lui était arrivé. Mais il est certain qu'elle est morte par sa faute. Peut-être même l'a-t-il tuée.

Paul laisse couler un long silence, que Mme Pic rompt en risquant :

– C'est une histoire dramatique, en effet, Paul. Et je comprends que vous ne l'ayez jamais évoquée.

– Si bien, reprend grand-père Paul encouragé, que je suis devenu une manière de fils unique et d'orphelin : privé successivement de ma sœur, de ma mère, de mon frère aîné puis de mon père, j'ai dû assumer seul la gestion de l'exploitation.

– Et à l'époque, reprend Luc, tu n'habitais pas ici ?

– Non, bien entendu, puisque j'ai été expulsé en 1976. À l'époque, nous habitions la maison qui se trouve près des ruines de La Fertalière, au beau milieu du centre spatial aujourd'hui abandonné.

8

Dans un grondement impressionnant, le chariot se met en marche sur ses rails. L'immense fusée, dont le nez touche presque le plafond du hall, se déplace lentement vers l'entrée. Luc accompagne la marche de l'engin ; il surveille la rotation des roues métalliques dont les essieux supportent une charge de plusieurs tonnes.

– André ! hurle-t-il, les panneaux d'entrée !

De la salle des commandes, André actionne l'ouverture des battants qui, tels des rideaux de fer, coulissent avec une lenteur théâtrale. Un puissant rai de lumière jaillit à l'intérieur du bâtiment, frappe la coque de la fusée qui resplendit soudain, tel un bijou dans un écrin qu'on ouvre.

Le chariot roule ; la fusée parvient enfin à l'extérieur, dans la fournaise de la garrigue écrasée de soleil.

– Stop !

Le chariot s'immobilise sans que la fusée frémisse. Quand Luc revient dans la salle des commandes, il y trouve André qui a revêtu une mince combinaison isolante.

– Je vais procéder au remplissage des réservoirs.

– Nous allons vous aider, dit Luc.

– Non. C'est une opération trop dangereuse.

– Rassurez-vous, André : je me contenterai de vous donner un coup de main pour mettre les tuyaux en place. Pendant ce temps, Marc surveillera les pressions et les températures.

Et comme André hésite, Luc lui jette avec un rien d'irritation :

– Cela ne nous met en aucun cas en péril. Mais cela divise par dix le risque d'accident. Allons André, ne soyez pas têtu. Et soyez sans inquiétude : Marc et moi avons beaucoup parlé, depuis deux jours. Et nous savons exactement ce que nous pouvons faire.

Les deux garçons se jettent un rapide regard de complicité où perce un peu d'angoisse. Car leur plan de bataille n'a pu être établi qu'après de vives discussions, après maintes concessions. Mais ils ont conclu un accord qu'ils doivent scrupuleusement respecter s'ils veulent que soient menées à bien toutes les opérations du lancement de cette nuit.

Pour justifier leur absence, ils ont expliqué que l'observation de l'éclipse du 11 août nécessitait une excursion à bicyclette et un bivouac de quarante-huit heures à cinquante kilomètres de là.

– Le départ est toujours bien prévu pour 20 h 35 ? demande Marc.

– 20 h 35 précises, dit André. Nous n'avons plus une minute à perdre. Procédons au remplissage des réservoirs.

Suivi de Luc, il se dirige vers les cuves de propergols. Pendant ce temps, Marc se penche sur les cadrans qui indiquent les températures des comburants, puis sur l'écran de l'ordinateur où s'affiche en permanence le calcul de la trajectoire ; elle a été copiée sur celle d'un satellite habité lancé en 1980. Son orbite étant voisine de celle du vaisseau centaurien, André a seulement été amené à modifier la durée de poussée des réacteurs, la quantité de carburant de la capsule indépendante et l'angle suivant lequel la fusée doit aborder le ciel pour arriver à proximité de l'objet étranger.

Enfin, Marc consulte l'horloge de la salle des commandes. Luc et lui ont bien vérifié qu'elle était totalement indépendante du dispositif de mise à feu. D'une pression du doigt, il en fait passer les chiffres de 17 h 40 à 17 h 10. Une demi-heure de décalage, c'est énorme ; et pour qu'André ne s'aperçoive de rien, il faudra que Luc choisisse le moment adéquat pour lui faire des révélations propres à accaparer son attention.

Au-dehors, le remplissage des réservoirs de la fusée se poursuit ; les deux étages se gavent peu à peu des milliers de litres de diméthylhydrazine asymétrique qui s'évanouiront en quelques minutes dans l'atmosphère.

Le soir tombe. Mais André préfère ne pas allumer les projecteurs. Ce sera bien assez, tout à l'heure, lorsque la masse géante de la fusée s'élancera vers le ciel dans un grondement de tonnerre.

André et Luc rejoignent bientôt Marc dans la salle des commandes. Au-dehors, la capsule spatiale, au sommet de la fusée, semble minuscule et fragile par rapport à l'énorme cylindre de trente mètres de hauteur qui la supporte.

– Voilà, déclare André en ôtant sa combinaison isolante. Tout est en ordre. Les scaphandres et les filins sont dans la capsule Gemini. Il ne reste plus qu'à amener la fusée sur son aire de départ. Pas question de quitter cette salle jusqu'à ce qu'elle soit en place : si la fusée basculait, si une fuite se produisait, l'explosion volatiliserait tout, cinq cents mètres à la ronde.

André appuie sur l'un des boutons de la table des commandes ; et là-bas, à l'extérieur du hangar, la fusée, sur son énorme chariot, se remet en route à une vitesse dérisoire : il lui faudra près d'une heure pour qu'elle vienne s'encastrer entre ses deux échafaudages métalliques, au centre de l'esplanade de béton, à plus d'un kilomètre de là.

– Je vais demander pendant ce temps à l'ordinateur de vérifier une dernière fois la trajectoire, dit André en essuyant son front. Voici mes consignes : à 20 h 35, si aucun voyant rouge ne s'est allumé sur ce tableau, c'est vous-mêmes qui déclencherez le départ de la fusée. Je vous rappelle que je n'ai prévu aucun contact radio pendant toute l'opération de sauvetage : c'est donc exclusivement au radar que vous pourrez suivre, neuf heures après le lancement, le retour de ma capsule qui devrait tomber dans la Méditerranée, à l'aube, à quelques kilomètres de la côte. Inutile d'emprunter la vedette de la plage des Aresquiers avant d'avoir la certitude que je suis revenu.

– Et si la capsule ne retombe pas ?

– Je préférerais revenir en empruntant la première fenêtre, dit André. Guettez le ciel à partir de 6 h du matin. Si la capsule n'a pas fait son apparition à 6 h 10, c'est que le sauvetage m'a demandé plus de temps que prévu. Une nouvelle fenêtre se situe à 16 h 50, et l'atterrissage aurait lieu vers 17 h 05. Mais mon arrivée serait moins discrète qu'à l'aube.

– Je redoute, dit Marc, une légère erreur de trajectoire qui ferait arriver la capsule à trente ou quarante kilomètres de l'endroit prévu. En ce cas…

André hoche la tête, embarrassé.

– N'alertez la préfecture que si vous êtes certains que la capsule est revenue, et que vous n'avez pas les moyens de venir nous récupérer. Mais si mes calculs sont exacts…

– André, dit Marc, vous savez bien qu'il suffit d'une erreur d'un centième de seconde d'arc ou d'une seconde de retard dans le déclenchement d'un réacteur pour que la capsule tombe à des dizaines de kilomètres d'ici !

– Bien sûr que je le sais ! rétorque André avec humeur. Mais ce satellite a une course de type périodique. Et en cas de retard, je disposerai de deux autres possibilités de retour, même si le tir risque alors d'être moins précis. Dans cette dernière éventualité, je tenterai plutôt de faire revenir la capsule sur la terre ferme.

– L'atterrissage sera plus rude, note Marc.

– Balivernes ! Toutes les capsules soviétiques sont récupérées au sol.

– Avez-vous aussi tenu compte du poids supplémentaire de la capsule pour le retour ? demande Marc.

– Bien entendu. J'ai compté sur une centaine de kilos.

– Mais si vous revenez seul, votre trajectoire sera légèrement déviée ?

– Si je reviens seul, jeune homme, c'est que j'aurai échoué. Et peu importe l'endroit, la façon et l'état dans lesquels vous me récupérerez.

– Avez-vous aussi songé que l'extraterrestre peut ne pas avoir de scaphandre ? Comment procéderez-vous à sa récupération dans l'espace ?

– Écoutez, Marc. J'ai songé à tout – sauf à la stupidité des Centauriens. Je sais aussi que la fusée peut exploser au départ, et l'opération échouer avant d'avoir commencé.

– En ce cas, dit Luc en entraînant André vers la table des commandes, l'éjection automatique de la capsule vous sauvera la vie. Et il ne nous restera plus qu'à remettre en état une seconde fusée Titan II pour procéder à un second essai dans cinq jours.

– Il n'est que 19 h 10 ? s'étonne André en jetant un coup d'œil sur l'horloge murale ; les nuits raccourcissent de plus en plus vite. J'aimerais que nous revoyions ensemble les différentes opérations préliminaires au lancement.

– Nous les connaissons par cœur ! affirme Luc. C'est simple : si les voyants restent au vert, nous appuyons sur cet unique bouton à 20 h 35 précises. Et le contact combustible/comburant s'effectue aussitôt. L'écran de contrôle nous précisera le moment de la mise à feu du second étage.

– Le MDS. doit assurer l'automatisme de toutes ces opérations, dit André en s'essuyant nerveusement le front. Où est donc passé Marc ?

– Quelle est donc cette étoile qui vient de s'allumer à l'est ? demande Luc en désignant le ciel violet.

André s'apprête à répondre. Mais son regard se perd dans l'immensité de la nuit naissante, du côté où apparaîtra bientôt le satellite qu'il veut rejoindre. Luc songe que ce vieil homme, à près de soixante-dix ans, a entrepris une tâche au-dessus de ses forces ; comment peut-il espérer voir son organisme résister aux tensions formidables auxquelles son corps sera soumis pendant les heures à venir ?

Luc est soudain ému par ce visage brun et tourmenté, où flottent tour à tour la volonté et la désespérance, le remords et la souffrance ; il saisit la main d'André, cette main large et puissante où les veines dessinent de fins ruisseaux bleutés.

Et l'homme semble alors s'éveiller d'un long rêve ; il paraît étonné par cette familiarité soudaine – et aussi, à ce moment précis, par la ressemblance de ce regard avec le sien.

– André, murmure Luc, je dois t'avouer quelque chose : tu es mon oncle.

9

Dès que Luc lui a adressé le signe convenu, Marc n'a pas perdu une seconde : il a discrètement quitté la salle des commandes, refermé la porte derrière lui. Il s'est élancé dans le couloir et, parvenu à l'extérieur, s'est engouffré dans la voiture électrique qui a foncé vers la haute silhouette de la fusée.

•

– Ton oncle ? fait André, incrédule. Ton oncle ? Mais comment t'appelles-tu ?

– Pic. Luc Pic.

– Attends : c'est vrai, je m'appelle Pic, moi aussi. Mais cela ne prouve rien, ce nom est assez répandu dans la région.

– Mon grand-père s'appelle Paul. Paul Pic. Et c'est ton frère.

André se passe la main sur le front, secoue la tête, balbutie :

– Ce n'est pas possible… Ce n'est pas possible ! Mais comment ?…

– Le journal. Le journal de ton père. Et puis la maison près des ruines. Enfin tes gestes, ta stature… il y a quelques jours, j'ai soupçonné que tu pouvais être le frère de grand-père Paul.

– Mais pourquoi ne pas me l'avoir dit ?

– Il fallait que je sois sûr. Avant-hier, j'ai questionné mon grand-père. Alors, j'ai tout compris.

– Ainsi, tu es le petit-fils de Paul ! s'exclame André en saisissant avec émotion Luc aux épaules. Donc, tu sais ce qu'a fait mon frère pendant toutes ces années ?

– Oh, tout s'est passé exactement comme tu le supposais : en 1976, mon grand-père a été expulsé de la propriété familiale qui se trouve près des ruines. Et il a négligé d'emporter dans sa nouvelle maison de Cournonterral le radiotélescope et les papiers de son père.

– Mais toi, Luc ?

– Je suis le fils de son fils unique : Sylvain. Mon père a quitté la région pour faire ses études universitaires à Paris. Luc manque ajouter : « Et moi, je vais quitter Paris où je fais mes études universitaires pour revenir dans la région. » Mais il se contente de préciser : Il s'est marié en 1980. Je suis né l'année suivante.

– Paul ! Paul habite donc tout près d'ici. Il n'avait que dix ans lorsque je suis parti. Je ne l'ai revu qu'une seule fois, durant trois jours dans les années soixante. Et c'est à travers toi, Luc, son petit-fils, que je le retrouve pour de bon !

Une véritable étincelle de joie s'allume dans le regard du vieil homme. Une joie où l'émotion ajoute bientôt une larme.

– Je suis content, avoue-t-il. Je suis content et fier d'avoir un petit-neveu comme toi !

•

Marc abandonne sa voiture électrique derrière un muret de pierres sèches, à deux cents mètres de l'échafaudage géant qui encadre la fusée. Luc et lui ont décidé la veille de cet endroit, espérant que le véhicule ne souffrirait pas trop de la chaleur du départ. Il jette un coup d'œil sur sa montre, qui indique

20 h 15 ; puis il se met à courir sur l'esplanade de béton, vers la silhouette argentée de la fusée provisoirement accouplée à ses poutrelles métalliques.

Il entend résonner au loin le chant déclinant des cigales, il voit le ciel s'assombrir et les étoiles s'allumer ; il sent un petit vent frais lui fouetter le visage, et lui apporter aux narines un vague relent d'éther. Il a peine à songer que dans quelques minutes, il sera hors du monde, suspendu dans le vide, perdu dans cette immensité qu'il redoute et envie.

Longeant l'échafaudage, il a un regard terrifié vers les gueules béantes des immenses réacteurs. Mais l'enfer qu'ils cracheront le portera vers les nues. Il court jusqu'à l'échelle métallique dont il gravit les degrés en essayant de ne penser à rien. Mais il vérifie tout de même que les câbles qui assurent le contact avec la salle des commandes sont encore correctement reliés à la fusée : un cordon ombilical complexe de plusieurs dizaines de fils qui courent près des rails sur plus d'un kilomètre.

•

– Que t'a dit Paul ? demande André. T'a-t-il parlé de moi ?

– Il a surtout parlé de son père… de votre père à tous deux. Il lui a reproché de ne pas l'avoir élevé, d'être parti en Argentine, de l'avoir laissé seul.

Tout en évoquant sa conversation de l'autre soir avec son grand-père, Luc jette un coup d'œil discret sur l'horloge de la table des commandes. Elle marque 19 h 18.

Et pendant qu'André se lève et grommelle :

– Pour un peu, il reprocherait à notre père d'avoir été fait prisonnier en Allemagne !

Luc déclenche le préchauffage de la fusée. Le dernier compte à rebours a commencé.

•

Marc se trouve à quinze mètres du sol quand les tuyères se mettent à chuinter ; des vapeurs blanchâtres s'échappent des moteurs Vernier, les tuyères auxiliaires chargées d'assurer au départ la stabilité de la montée.

Marc songe qu'il a près d'une minute de retard puisque d'après leurs calculs, il aurait dû être à l'intérieur de la capsule à cet instant précis. Il sait que quoi qu'il arrive, Luc donnera le départ à 20 h 35. Alors il se dépêche de gravir les derniers échelons ;

la capsule est ouverte, et il pénètre en hâte dans l'étroit habitacle, dont il referme l'écoutille sur lui.

Seules quelques veilleuses éclairent faiblement la cabine. C'est une version améliorée des premières capsules Gemini avec lesquelles ont eu lieu les premiers rendez-vous spatiaux ; celle-ci, bien que très exiguë, est prévue pour abriter deux cosmonautes. Marc tente de maîtriser les tremblements de ses mains, il saisit l'un des deux scaphandres disposés sur le matelas incliné. Au-dessus de lui, l'horloge égrène les secondes avec une régularité effrayante. Le plus difficile pour Marc est de ne rien oublier : une seule négligence, et il ne revient pas vivant.

– Vérifier l'étanchéité de la capsule, puis celle du scaphandre…

Il se déshabille en hâte, glisse ses vêtements dans un sac de plastique qu'il range sous le matelas voisin, enfile le scaphandre léger – un modèle de secours, moins perfectionné que celui avec lequel les cosmonautes effectuent leurs sorties spatiales, un scaphandre conçu pour être revêtu sans aucune aide extérieure, et destiné à des sorties d'une durée réduite, le passage d'une capsule à une navette par exemple.

Comme prévu, Marc branche l'oxygène sur le scaphandre ; mais il pressurise aussi la cabine par mesure de précaution. Puis il s'installe sur sa couchette et il est saisi d'un vertige d'angoisse en apercevant la rangée impressionnante de cadrans, de chiffres, de voyants qui s'étale à moins de quarante centimètres de son visage.

S'il était en liaison radio avec la salle des commandes, il pourrait assurer une double vérification de tous les dispositifs de la fusée. Mais ce check-up nécessiterait vingt bonnes minutes. Et il est 20 h 31. Marc respire profondément pour calmer les battements de son cœur. Devant lui, vingt aiguilles palpitent, cinquante chiffres défilent en se modifiant. Qu'importe ? Toutes ces indications lui sont étrangères. Désormais, son sort repose entre les mains de Luc.

•

– Paul est intransigeant et injuste ! Il n'a jamais compris que notre père état un pionnier de la radioastronomie. S'il s'est exilé, ce n'est pas seulement pour poursuivre ses recherches : c'est parce que notre mère était morte, parce que j'étais parti, parce que lui,

Paul, lui menait une vie impossible – parce qu'il le rendait responsable de… Luc ?

Mais Luc n'écoute pas André. À présent, il ne quitte plus des yeux l'horloge de la table des commandes qui égrène les dernières secondes.

– Luc ! Bon sang, mais que fais-tu ?

Cinq… Quatre… Trois… Deux… Un… Zéro !

André se précipite sur Luc au moment où il écrase le bouton qui commande le départ.

– Trop tard ! crie Luc. Trop tard, André ! La fusée va décoller dans quelques secondes, et plus rien désormais ne peut empêcher son départ.

– Malheureux ! Mais pourquoi ?…

En proie au plus grand désarroi, André ne sait où donner de la tête. Il regarde l'horloge murale qui indique 20 h 05.

– Je vais t'expliquer, dit Luc. C'était une folie pour toi que d'envisager ce voyage. Tu sais très bien que ton cœur aurait pu lâcher. Alors voilà : Marc a pris ta place.

– Mais il risque sa vie ! tonne André d'une voix qui fait vibrer les vitres de la salle des commandes. Et tu l'as laissé faire ! Et vous avez avancé le départ sans penser que…

– Rassure-toi : nous étions convenus de retarder la pendule d'une demi-heure. Marc connaît par cœur la procédure de sauvetage. Tu nous l'as expliquée plusieurs fois en détail.

– Marc ! Pourquoi Marc ?

– Je voulais que nous tirions au sort, dit Luc en baissant la tête. Mais Marc a prétendu que ma blessure récente risquait de s'ouvrir à cause des pressions du départ. Et puis en restant ici, je pouvais mieux que lui retenir ton attention en te révélant ma véritable identité.

– Vous m'avez berné ! gronde André en serrant les poings dans un geste de colère impuissante. Ainsi, vous avez tout comploté, tout calculé, tout prévu pour prendre ma place au dernier moment !

– Ce n'est pas ta place que nous prenons, dit Luc en saisissant les mains de son oncle. C'est ton relais. Nous ne faisons rien d'autre que poursuivre la mission autrefois entreprise par ton père, et que tu souhaitais accomplir.

À ce moment, un grondement terrifiant secoue les doubles vitres de la salle des commandes. Luc et André, le regard tourné vers l'esplanade de béton, aperçoivent une fournaise qui rougeoie dans la nuit.

C'est la fusée qui, dans une lueur d'incendie, monte lentement dans le ciel.

Sous l'effrayante impulsion des gaz rejetés avec force, elle s'arrache au sol tandis que s'écartent les contacts qui la reliaient à l'échafaudage.

Le rugissement monte en intensité ; et la vitesse de la fusée augmente. Plus le carburant s'épuise dans les réservoirs, plus la fusée s'allège, plus elle se lance avec rapidité vers le ciel.

Dans la cabine, Marc ressent sous ses reins la brève impulsion du départ. Les veilleuses clignotent, comme clignotent, derrière l'épais hublot circulaire, les trois ou quatre étoiles mouvantes qu'aperçoit le passager.

– Je suis parti, murmure Marc qui ne songe même plus à sa peur.

Un poids gigantesque écrase peu à peu sa poitrine, le cloue à son matelas, lui coupe la respiration. Sur le hublot violet, les étoiles défilent de plus en plus vite, tandis que la fusée s'élance à une allure uniformément accélérée.

Sur la plage de béton, le hurlement cuivré s'apaise ; et dans le ciel, le rougeoiement des tuyères devient une incandescence minuscule.

Dans la salle des commandes, Luc et André, après avoir suivi la trajectoire de la fusée dont l'éclat s'est fondu dans celui des étoiles, ont reporté leur attention sur les cadrans. L'un d'eux soudain s'allume. Et un nouveau compte à rebours commence.

– Largage du premier étage, dit André.

Puis ils se taisent, leur regard rivé sur ces cadrans qui sont devenus leur seul lien avec la cabine. Luc ne peut que l'imaginer, fonçant, trente kilomètres plus haut, à six ou sept kilomètres à la seconde.

– Tout se passe bien, tout se passe bien, répète André pour rompre le silence.

Mais il respire avec difficulté. De grosses gouttes de sueur perlent sur son front, se fraient une voie sur ses joues osseuses. Luc observe à la dérobée son oncle qui, à sa manière, participe maintenant à la mission.

Le vaisseau fonce dans le vide à huit kilomètres-seconde, suivant un angle soigneusement calculé ; le ciel violet vire au noir. Et les étoiles clignotantes se résignent à devenir de simples points fixes, balises impassibles d'un univers sans limites.

– La trajectoire est parfaitement respectée, note André d'une voix hésitante. Le deuxième étage va être largué dans dix-huit… dix-sept secondes.

Ils attendent. Maintenant, les possibilités d'accident s'amenuisent. Le second étage achève de brûler son carburant. Bientôt, il ne restera plus que les réservoirs autonomes de la capsule, avec lesquels Marc devra assurer le rendez-vous spatial et le retour sur la Terre.

– Voilà, murmure André. La poussée est achevée. La cabine est en orbite.

– Ses coordonnées ?

– Apogée : 1 868 kilomètres. Périgée : 918 kilomètres. En principe, Marc devrait être en vue du satellite étranger. Nous ne pouvons plus rien faire qu'attendre.

Ils sortent. L'air de la nuit les surprend ; il s'y mêle encore quelques vapeurs de gaz brûlés qui font prendre conscience à Luc que Marc était sur Terre il y a moins de vingt minutes.

Ils écoutent les grillons qui, de temps à autre, jettent un maigre bruit de crécelle. Mis à part ce martèlement irrégulier qui rythme la nuit, la garrigue est noyée de silence. Sur la côte, les lumières des ports font une guirlande scintillante qui limite l'étendue moirée de la mer.

– Il faut dormir, dit André. Demain matin, nous serons en place sur la plage des Aresquiers, avec le canot à moteur.

Mais le regard d'André ne quitte pas le firmament.

•

Sous les reins de Marc, les vibrations s'arrêtent. Le silence et l'immobilité règnent soudain dans la capsule. Sur les tableaux de bord faiblement éclairés, la plupart des aiguilles se sont figées sur leurs cadrans ; et les chiffres ont arrêté leur course.

Marc reprend sa respiration, gêné par un malaise persistant. Il vérifie les coordonnées de sa capsule, constate :

– Bon, je suis en orbite, 1 868 kilomètres d'apogée... Le satellite centaurien ne devrait pas être loin.

Il fait la grimace, saisi d'une vague nausée. Depuis que la poussée des réacteurs a cessé, il a l'impression que son corps n'a plus la même consistance. Tout à l'heure, l'oppression était insupportable ; à présent, c'est un indéfinissable vertige qui le tenaille. Il ôte les sangles qui le retiennent à son matelas, et s'élève doucement dans la cabine.

Il s'agrippe aux parois pour se diriger vers le hublot, et est saisi d'une désagréable ivresse : ici, l'obscurité est trouée de milliers d'étoiles fixes. L'impression de profondeur est telle que Marc recule face à cette vision d'infini. C'est alors qu'il aperçoit, suspendue au-dessus de lui, la Terre, dont la rotondité n'est visible que grâce au halo indistinct que le soleil crée derrière elle : Marc se trouve en effet dans la zone de nuit. Peu à peu, un arc éblouissant s'incurve sur sa planète : le mouvement orbital de sa capsule étant rétrograde, Marc revient lentement vers la zone de jour. Le croissant de lumière prend progressivement épaisseur, consistance : et le bleu des océans se teinte d'outremer, et l'ocre des continents s'ourle de l'ombre rasante des montagnes ; puis l'atmosphère noie la surface du globe d'une ouate imprécise qui en rend les contours un peu flous.

Marc ne peut se faire à l'idée que la Terre flotte au-dessus de lui. D'un mouvement de reins, il exécute une culbute ; les matelas virevoltent, deviennent le plafond – et la Terre reprend une position acceptable puisque Marc maintenant la domine.

– Et le satellite ? s'exclame-t-il tout à coup.

D'un coup, les chiffres, les horaires, les recommandations lui reviennent en mémoire. Il consulte l'horloge du bord ; elle indique 20 h 57.

– Je devrais croiser sa route dans un peu moins de trois minutes…

Aussitôt, il procède à la dépressurisation de la cabine, vérifie sur un cadran qu'il y règne le même vide que celui de l'espace, déclenche le chauffage de sa combinaison. Puis il donne de petits coups de talons qui l'amènent au bord du premier, du second, puis du troisième hublot. Il ne sait où chercher : il n'a aucune notion de direction ni de vitesse. Il scrute l'obscurité, guette l'approche d'un point luisant.

Mais les étoiles sont immobiles. Rien n'apparaît sinon, au loin, la Terre qui se dégage lentement de son écrin nocturne.

– 21 heures… Ce n'est pas possible !

Marc va et vient fébrilement d'un hublot à l'autre. Il sait qu'un satellite, dans l'espace, se repère à plusieurs kilomètres. Et le rendez-vous spatial a été calculé de façon à ce qu'il soit éclairé de plein fouet par le soleil.

Il est 21 h 02. Et tandis que les secondes s'égrènent, l'affolement gagne Marc. Enfin, le désespoir : le rendez-vous n'aura pas lieu, cela ne fait plus aucun doute. Le vaisseau étranger doit suivre une route différente, très éloignée de l'orbite de la capsule Gemini. L'erreur peut venir des Centauriens ou d'André, qu'importe : tout est à recommencer.

21 h 03. Marc, une dernière fois, fouille le ciel des yeux. Il doit se rendre à l'évidence : des kilomètres à la ronde, l'espace est vide. Absolument vide.

Soudain, Marc comprend :

– Le satellite se trouve sûrement au-dessous de ma capsule, dans la zone éclairée de la Terre ! Je cherchais un point lumineux se détachant sur l'obscurité du ciel – mais s'il se trouve dans l'arc lumineux, s'il s'y maintient dans le même mouvement rétrograde que moi, je dois chercher un point obscur se détachant sur les nuages ou les océans !

Marc sent l'espoir renaître en lui, et il fouille désespérément des yeux sa planète qui, des centaines de kilomètres sous lui, pivote lentement. Des larmes brouillent sa vue : le hublot de son scaphandre et celui du vaisseau créent de multiples reflets ; et la lumière du soleil, là-bas, se réfléchit violemment sur la couverture des nuages.

– Là ! Ce point obscur !

C'est le satellite. Il semble proche, très proche. Il était là, depuis plusieurs minutes, sans doute – et Marc ne le voyait pas ! Maintenant, son cœur bondit de joie.

– Vite. J'ai perdu plusieurs minutes précieuses.

Il oriente et déclenche l'un des réacteurs latéraux. Une petite secousse… Mais la capsule paraît toujours immobile. Marc sait qu'il avance, que la simple poussée des gaz qu'il vient de produire a suffi à augmenter d'une manière uniforme la vitesse de son module.

21 h 12… 21 h 15.

Marc sent l'inquiétude le gagner : il a l'impression de n'avoir absolument pas bougé. Là-bas, l'objet obscur est toujours aussi minuscule. De nombreux doutes recommencent de l'assaillir : et si son réacteur latéral n'avait pas fonctionné ? Et s'il ne s'agissait pas du satellite centaurien ? Tout à l'heure, il semblait éloigné de quelques centaines de mètres. Mais Marc comprend qu'il se trouve à plusieurs kilomètres.

Alors, il redonne quelques impulsions brèves sur la manette des gaz, provoquant de nouvelles poussées, augmentant sa vitesse. En même temps, il devine pourquoi l'objet a un apogée légèrement inférieur à celui qu'avaient indiqué les Centauriens : en orbite depuis plusieurs semaines, il s'est insensiblement rapproché de la Terre à cause du jeu des masses et du freinage atmosphérique. Il y a trois semaines, ses coordonnées devaient correspondre exactement aux chiffres indiqués.

Hélas, le satellite semble toujours aussi lointain, aussi inaccessible. À 21 h 22, en désespoir de cause, Marc provoque deux nouvelles impulsions sur la manette des gaz.

– Je dois conserver suffisamment de carburant pour négocier l'approche puis redonner l'élan pour le retour !

Et soudain, tout se passe très vite : le satellite face à lui prend forme, grossit. Marc ne s'est pas rendu compte qu'il a imposé à son module, depuis vingt minutes, une vitesse uniformément accélérée. Et il comprend beaucoup trop tard qu'il va dépasser l'objet étranger.

Vivement, il donne une longue impulsion au réacteur latéral opposé – car il doit dépenser la même quantité d'énergie pour ralentir puis immobiliser sa capsule ; celle-ci est violemment secouée. Marc redonne deux ou trois impulsions brèves afin de revenir lentement à la hauteur de l'autre capsule. Mais l'opération est délicate, il gaspille beaucoup de gaz ; car il est mille fois plus difficile de se diriger dans un espace à trois dimensions que sur une route.

Commence un ballet infernal et grotesque : Marc avance, recule, dépasse le satellite, le rejoint mais s'en écarte aussitôt. Enfin, il parvient à stabiliser sa cabine à quelques dizaines de mètres du mystérieux vaisseau spatial. Tandis qu'il s'en rapproche à toute petite vitesse, il doit s'accorder une minute de repos : le sang bat à ses tempes, sa tête bourdonne ; la sensation d'apesanteur ajoutée à son angoisse lui donne des nausées qu'il réprime à grand-peine.

Enfin, il constate avec satisfaction qu'il se rapproche régulièrement de l'objet inconnu. Celui-ci prend peu à peu un aspect familier. Oui : c'est un satellite de très petite taille, d'à peine un ou deux mètres... Les Centauriens seraient-ils nains ?

Soudain, il laisse échapper un cri de colère : l'objet qu'il a rejoint est une simple sphère métallique de dimensions dérisoires. Ce qui lui a permis de le repérer de si loin, ce sont ses deux panneaux solaires, immenses ailerons rectangulaires émaillés de facettes luisantes. Non, ce papillon de métal ne peut être le satellite centaurien. D'ailleurs, Marc ne tarde pas à déchiffrer, gravée dans le métal, l'inscription : CCCP.

– Un satellite météorologique russe !

Ainsi, il a accompli des dizaines de kilomètres pour rien, il a dépensé en pure perte la moitié de son carburant pour voyager de conserve avec un vieux satellite terrien !

Un moment, il cède au découragement. Puis, intrigué, il consulte les cadrans des jauges.

– Je n'ai plus assez de carburant !

La gorge nouée, il vérifie les chiffres. Aucun doute : il ne dispose plus d'assez d'énergie pour redonner à sa capsule l'impulsion qui lui permettrait de revenir sur la Terre !

Cette fois, l'affolement le gagne, puis le désespoir. Mais quelle que soit la façon dont il retourne le problème, il ne peut que conclure :

– Je suis prisonnier en orbite. Condamné à tourner éternellement autour de la Terre !

Il veut se prendre la tête entre les mains. Mais celles-ci rencontrent le casque de plexiglas, dont l'intérieur est couvert de buée. Alors il décide de repressuriser la cabine. L'oxygène siffle ; les cadrans indiquent une pression normale. Marc ôte son casque qui cède avec un bruit mat à cause de la légère différence de pression.

– Au point où j'en suis, murmure-t-il, je peux bien gaspiller aussi mon oxygène.

Il réfléchit, se demande ce que feront Luc et André lorsqu'ils verront qu'il n'est pas au rendez-vous de 6 h, ni à celui de 17 h, ni au suivant… Le temps qu'ils frètent une expédition de secours, qu'ils utilisent la fenêtre suivante dans cinq jours, et il aura dépensé tout son oxygène. Machinalement, il consulte l'horloge du bord.

– 21 h 48. Il y a à peine plus d'une heure que j'ai quitté la Terre ! Quelle malchance qu'un satellite se soit justement trouvé à l'endroit précis où…

Et soudain, il sursaute : là-bas, ce point brillant qui se déplace parmi les étoiles ?…

– Un autre satellite !

Il écarquille les yeux. Mais non, aucune erreur n'est possible.

– C'est lui ! Ce ne peut être que lui !

Une vague d'espoir le submerge, bien vite étouffée :

– C'est lui, sans doute – mais mon retour reste impossible. Cela ne change rien à mon sort.

Malgré tout, Marc suit du regard la progression du point insolite. Sa course est très légèrement différente de la sienne : le satellite inconnu va croiser son orbite, puis s'éloigner définitivement de la capsule de Marc.

Il hésite. Mais comment pourrait-il se contenter d'observer sans l'intercepter ce vaisseau qui a franchi plus de quatre années-lumière ?

– Au moins, que je rencontre l'envoyé du Centaure ! D'autant que je pourrais peut-être utiliser sa capsule pour revenir au sol ?

C'est impossible, Marc le sait bien – sinon l'occupant du satellite n'aurait pas demandé qu'on le récupère.

Il pose résolument les mains sur les manettes des réacteurs latéraux : plutôt que conserver ce carburant inutile, il préfère le consacrer à effectuer le rendez-vous spatial.

Une légère poussée… Une autre.

Marc rectifie le tir maladroitement, à plusieurs reprises. Jusqu'à ce qu'un signal rouge s'affiche.

– Les réservoirs sont vides !

Désormais, la capsule Gemini est inutilisable : elle est bloquée en orbite, dans la position et à la vitesse que viennent de lui conférer les dernières poussées des réacteurs.

Marc a agi avec prudence et discernement. Il s'est contenté de donner d'imperceptibles impulsions qui le rapprochent du satellite étranger avec une lenteur désespérante.

– Mon élan devrait permettre de le croiser dans quelques minutes. Si ma vitesse était supérieure, je m'en éloignerais trop rapidement. Ainsi, nous resterons longtemps très proches l'un de l'autre.

La perspective d'agir, d'effectuer ce rendez-vous espéré dissipe provisoirement sa peur et son désespoir. Ne compte plus à présent que cet engin mystérieux, qui a franchi des distances colossales pour apporter son message de paix par-delà les étoiles. Marc estime les distances qui le séparent de lui, il compte à haute voix :

– Quarante mètres… Trente-cinq.

Et soudain, il a la certitude, la preuve que cet objet vient d'un autre monde : c'est une sorte d'œuf de dix mètres de long, de quatre mètres d'épaisseur : un fuseau légèrement galbé, troué de deux hublots ovales. Sur sa coque où nulle soudure n'est visible se détache une inscription dans un langage inconnu.

Oui : Marc n'a jamais rien vu de semblable. Il songe que vivre un tel moment mérite une mission sans retour. Et il est bouleversé à la pensée que dans cet habitacle se trouve quelqu'un qui, depuis vingt-cinq ans, attend qu'on le délivre de sa prison d'acier.

Le voyageur des étoiles

10

Centimètre par centimètre, la capsule de Marc grignote les vingt mètres qui le séparent encore du petit vaisseau étranger. Sa coque fuselée est tronquée à l'arrière ; là existe sans doute une énorme tuyère – mais Marc ne peut comprendre où ni comment cet engin a puisé l'énergie nécessaire pour franchir ces années-lumière, pour freiner sa course à l'approche du système solaire, pour se mettre si précisément en orbite – une orbite calculée vingt-neuf ans à l'avance autour de la troisième planète de l'étoile appelée Soleil. Peut-être le vaisseau tire-t-il cette énergie de l'espace lui-même, des étoiles, de ces ressources cosmiques invisibles, indécelables, insoupçonnées des Terriens, et que d'autres ont peut-être domptées comme les hommes le firent autrefois de l'électricité puis de l'atome.

Marc note encore, sur la périphérie du vaisseau, la présence d'autres trous de la largeur d'un doigt. S'agit-il de tuyères latérales ? Plus haut, un motif ovale de la taille d'un homme semble gravé dans la carapace. Au centre du motif : une roue dentée en relief.

Les deux hublots de l'objet, obscurs, renvoient l'éclat du soleil. Et Marc, tout à coup, se demande si le vaisseau est réellement habité comme le message l'affirmait. Mais tandis que la capsule Gemini s'en rapproche insensiblement, Marc secoue la torpeur qui l'avait envahi.

– Allons… Je ne dispose que de quelques instants. Mon casque !

Il le visse soigneusement sur sa combinaison dont il vérifie les attaches. Puis il procède à la décompression de sa cabine. La paroi s'ouvre sur le vide lentement, sans effort.

Et voilà : plus rien ne sépare maintenant le cosmonaute de l'espace. Marc réprime un vertige, il s'efforce de ne pas penser, s'accroche à l'écoutille, et aperçoit face à lui s'approcher le vaisseau étranger. À peine maintenu au sas, Marc flotte à présent doucement sans haut ni bas avec cette immense Terre, boule énorme et colorée suspendue au néant.

Soudain, il s'écrie :

– Le filin ! J'ai oublié le filin !

Sans ce cordon ombilical destiné à le relier à sa capsule Gemini, Marc ne pourra jamais la rejoindre.

– Le temps que j'aille le chercher, que je l'arrime, et je rate le rendez-vous.

À présent, le vaisseau centaurien avance à toute petite vitesse, quatre mètres sous lui. Il croise la capsule de Marc et s'éloignera bientôt d'elle à tout jamais.

Leurs vitesses respectives sont toutes relatives, car si les deux engins semblent se mouvoir à quelques centimètres par seconde, ils sont tous deux lancés dans le vide à plusieurs milliers de kilomètres à l'heure.

Marc hésite avant de se lâcher – il sait qu'il ne tombera pas, qu'il n'y a pas d'endroit où tomber. Il sait qu'il atterrira là où il le désirera, suivant l'impulsion qu'il va donner à ses talons.

Mais se lancer ainsi dans le vide nécessite une certaine dose d'inconscience. Marc ne réfléchit pas, le temps presse. Sans même prendre la peine de refermer le sas, genoux pliés, les deux mains en avant, il s'élance brusquement vers le vaisseau étranger.

Il flotte, s'en rapproche… À présent, il n'est plus retenu par la masse de sa capsule Gemini, mais irrémédiablement attiré par celle du vaisseau centaurien. Malgré sa combinaison protectrice et le dispositif de régulation de température, il sent d'un côté la morsure du froid et de l'autre la brûlure du soleil.

Enfin, ses mains effleurent le métal luisant du satellite. Marc maîtrise ses gestes, veille à n'effectuer aucun mouvement brutal, et agrippe la roue dentée qui saille sur l'ovale du sas.

– Faut-il tirer ? Pousser ? Tourner ? Et dans quel sens ?

Marc tente de faire pivoter le volant cranté. En vain, la roue ne bouge pas d'un millimètre. Il pousse, tire… Un déclic ! Comme il tente de la dévisser à nouveau, la roue se met docilement à tourner sur elle-même, secouée d'imperceptibles vibrations.

– Le sas s'ouvre !

Il respire avec difficulté, une boule noue sa gorge – car maintenant, il faut entrer dans ce réduit obscur qui se présente à lui. Il y pénètre à tâtons et ses mains trouvent des pitons qui lui permettent de progresser plus vite. Il s'engouffre alors tout entier dans cette ouverture, flotte, s'agrippe aux barreaux qui jalonnent ce tunnel. Et derrière lui, le sas automatiquement se referme. Cette fois, l'obscurité l'engloutit. Et Marc, avec une résignation terrifiée, songe à ces archéologues que les pharaons momifiés réussissent à garder en otage des milliers d'années après leur mort.

– Prisonnier !

Mais devant lui, ses mains découvrent une nouvelle roue crantée exactement semblable à celle de l'extérieur.

– Je suis donc dans un sas…

À nouveau, il cherche à tirer pour l'ouvrir. Mais en vain. Au moment où il commence à s'affoler, un sifflement surgit.

– Un sifflement ? Mais c'est donc que…

De l'air s'infiltre dans cet espace exigu. Pour en vérifier la présence, Marc frappe du plat de la main, en aveugle, sur la coque qui résonne avec un bruit mat.

À ce moment, l'écoutille qui fait face à celle par laquelle il est entré s'ouvre. Automatiquement. Et Marc découvre enfin l'intérieur, faiblement éclairé, du vaisseau centaurien.

Ses pieds battent dans le vide. Ici aussi, l'apesanteur règne. Marc cligne des yeux embués de larmes. Ses mains sont agitées de tremblements convulsifs. L'émotion qui l'étreint est extrême, il ne songe plus à son sort, au contraire il déborde de reconnaissance : il a réussi ! Il a joint le satellite étranger ! À présent, il cherche où peut être l'extraterrestre qui a accompli ce périple.

La cabine est spacieuse et dépourvue d'appareils. Ses murs nus luisent d'une douce clarté rosâtre. Le vaisseau paraît vide. Devant l'un des hublots ovales se dresse un siège incliné. Quant à la table des commandes, très sobre, elle offre certaines ressemblances avec celles des cabines spatiales terriennes.

Enfin, il remarque à l'autre bout de la capsule une sorte de caisson métallique. Et la vision d'un sarcophage l'effleure un bref instant. En progressant dans la cabine, il aperçoit soudain au passage, par le hublot, l'image de sa propre capsule Gemini qui s'éloigne irrémédiablement de l'astronef.

– Cette fois, murmure-t-il avec un soulagement qui l'étonne lui-même, je suis bel et bien bloqué dans ce vaisseau inconnu. Avec le Centaurien qui s'y trouve.

Il arrive justement au caisson, dont le couvercle est transparent. Et là, il découvre, allongé sur un lit de mousse, un être dont le torse, les bras et les jambes sont prisonniers de courroies, de tubes et de fils – un être profondément endormi dont la vie a été entretenue au ralenti pendant des années grâce à une technologie perfectionnée.

Marc ne peut détacher ses yeux de la forme humaine assoupie. Enfin, fasciné, émerveillé, il soupire et murmure :

– Une jeune fille !

Et puis, très vite, Marc est assailli par une série de doutes : cette jeune fille qui, tel un insecte, repose dans ce caisson hermétique transparent ressemble à s'y méprendre à une Terrienne. Vient-elle de Proxima ? A-t-elle réellement voyagé pendant vingt-cinq ans ? Elle paraît avoir seize ou dix-sept ans.

Marc songe que l'espèce humaine est peut-être une constante dans l'univers, que le vieillissement sur Proxima est plus lent que sur Terre – à moins que la jeunesse de cette fille n'ait été préservée grâce à l'hibernation ? Il imagine aussi qu'elle peut être la descendante d'une famille centaurienne partie dans ce vaisseau vingt-cinq ans auparavant.

Mais tous ces raisonnements ne le satisfont pas ; et il se plonge à nouveau dans la contemplation de la jeune fille endormie. Son sommeil paraît paisible, sa poitrine se soulève faiblement une ou deux fois par minute. Son visage détendu, un peu pâle, où flotte un faible sourire, est encadré par une abondante chevelure brune. Longtemps, Marc reste là, frappé par la beauté des traits, par la régularité du dessin de la bouche, des paupières finement ourlées de cils noirs.

– Comment la réveiller ? murmure-t-il, comment la délivrer ?

Flottant dans la cabine, il fait le tour du caisson de métal et de verre, et découvre, sur sa face arrière, plusieurs branchements électriques, des jauges, des cadrans témoins et une série d'inscriptions...

– En français ! Mais oui, après tout, c'est la langue dans laquelle a été rédigé le message venu de Proxima. Je n'ai plus qu'à me conformer au mode d'emploi.

Marc est envahi tout entier par une étrange allégresse, un bonheur puissant, définitif. Il sait vivre des instants uniques, inoubliables, des instants qui méritent ce voyage sans retour.

•

Procédure de réveil :

1) Retirer toutes les connexions du caisson d'hibernation (cette opération provoque la pressurisation de la cabine).

2) Attendre que s'allume le signal vert du thermomètre.

3) Tirer sur le volant central pour provoquer l'ouverture.

4) Attendre le réveil sans intervenir.

•

– Eh bien, murmure-t-il, je procède maintenant au réveil.

Les prises branchées sur le caisson résistent. Marc doit s'y prendre à deux fois pour les arracher. Il y en a une dizaine ; et les dernières cèdent avec un bruit net de succion.

– J'entends les sons ! La cabine est donc pressurisée à présent…

Marc ôte son casque. L'air est frais, légèrement parfumé : une odeur d'antiseptique. Il reporte son attention sur les cadrans du caisson, où des jauges descendent lentement, où des aiguilles frémissent et s'abaissent, où des chiffres défilent – mais ces signes hermétiques sont-ils bien des chiffres ?

Aucun voyant vert ne s'allume.

Pour passer le temps, Marc se dirige vers la table des commandes, observe la Terre qui tourne et roule sous lui.

Dans le caisson, la jeune fille respire toujours aussi lentement, sans frémir, sans que sa peau se colore.

Les minutes coulent et Marc s'impatiente. Sa condamnation lui paraîtrait plus supportable si l'inconnue se réveillait. Mais une heure et demie a passé depuis qu'il a retiré les fiches.

Soudain, une vive lueur verte illumine tous les cadrans du caisson. Marc se précipite aussitôt sur le volant central, qui est strictement semblable à tous ceux qu'il a utilisés dans ce vaisseau jusqu'ici. Il tire… et la roue se met à tourner d'elle-même dans un léger bruit de crémaillère, tandis que la paroi de verre pivote lentement.

Alors, Marc se penche sur le corps assoupi. Il perçoit le bruit paisible de sa respiration ; il voit enfin les narines frémir, la poitrine se soulever davantage, et plus rapidement.

Dans son sommeil, la jeune femme sourit, entrouvre les lèvres, tressaille. Va-t-elle se réveiller ?

Non. Sa respiration s'apaise : elle se rendort.

Marc la regarde et attend, désormais rasséréné, dans le silence ouaté du vaisseau étranger. Il voit par le hublot la Terre et ses nuages spiralés, et cherche en vain sa propre capsule Gemini, entraînée et perdue à des kilomètres de son orbite.

À 6 h du matin, heure de la France, Marc a une pensée émue pour Luc et pour André qui, mille kilomètres plus bas, ont sans doute quitté la base pour rejoindre le canot sur la plage des Aresquiers. Il les imagine guettant dans le ciel l'arrivée d'un bolide rougeoyant ; il prévoit leur affolement lorsqu'ils comprendront que la mission a échoué, que Marc n'est pas revenu, qu'il ne reviendra plus.

Un frôlement furtif attire son attention : dans le caisson, la jeune fille a bougé ; elle cherche à ôter de ses bras les tubes de plastique souple enfoncés dans ses veines ; elle agite ses jambes que des sangles maintiennent sur la mousse de la couchette. Marc n'ose intervenir.

Et voici qu'elle fronce les sourcils, ouvre la bouche, exhale un faible murmure, comme si elle ne se résignait pas à quitter les limbes du sommeil, comme si le réveil définitif lui coûtait de terribles efforts. Enfin, ses paupières battent, découvrent deux yeux bruns et immenses, qui contemplent le cosmonaute terrien avec une expression incrédule.

Alors Marc lui sourit ; et elle répond à son sourire. Elle est réveillée.

11

Vers midi, Luc et André observent l'éclipse en silence. Cet événement, mondial et médiatique, n'est à leurs yeux qu'un détail astronomique banal, en regard de l'arrivée sur Terre d'un être venu d'ailleurs.

Le temps coule.

– 17 h, dit Luc.

André scrute l'horizon de son regard sombre et perçant.

Leur canot est immobilisé à quinze kilomètres de la côte ; sur la mer qui est ici d'un bleu profond, une vague ride parfois la surface déserte de l'eau. La chaleur est écrasante. Pas un souffle de vent. C'est un après-midi torride, avec un ciel sans nuages, d'une rare pureté.

– Marc ne peut pas rater le second rendez-vous, murmure André. Il faut absolument qu'il profite de cette fenêtre.

Ils se taisent.

Depuis qu'ils ont constaté l'échec du retour du vaisseau, ce matin à 6 h, ils n'ont pas échangé trois phrases. Et Luc ne peut détacher sa pensée de son ami qu'il imagine prisonnier en orbite. Mais le plus dur pour lui est d'ignorer si Marc a rejoint le satellite centaurien, s'il a délivré son hôte – ou bien s'il le cherche encore, ou s'il dérive, dans sa capsule Gemini, vers une orbite solaire.

Les traits d'André se creusent de minute en minute. Et plus le temps s'écoule, plus l'espoir s'amenuise. À 17 h 30, André accuse dix ans de plus. Soudain, il remet d'un geste rageur le moteur du canot en route. Et le grondement est comme l'écho de sa colère contenue.

– Attends, André ! crie Luc. Peut-être sont-ils revenus. Peut-être la capsule est-elle tombée loin d'ici !

– Ce n'est pas en restant plantés là que nous le saurons. C'est en vérifiant la trace éventuelle de leur chute sur le radar, dans la salle des commandes du centre.

Ils ne s'adressent plus la parole jusqu'à ce que la plage soit en vue. C'est pendant qu'ils traversent, à pied, la zone des marais salants, que Luc demande soudain :

– Qu'a-t-il pu arriver ?

– Tout ! jette André d'une voix sourde. Tout, c'est-à-dire le pire. Ah, si vous n'aviez pas commis l'imprudence de manigancer cette mise en scène pour que Marc me remplace au pied levé, nous n'en serions pas là !

– Qu'en sais-tu ? C'est sûrement toi qui serais en difficulté !

– Oui, justement ! Mais quelle importance ? Moi, hurle-t-il en écho, moi, quelle importance ?

Et, tordant ses mains noueuses comme pour écraser le mauvais sort de ses doigts puissants, il ajoute :

– Que vaut ma vie à côté de celle de Marc ? Rien ! Moi, j'avais une dette à payer, une mission à accomplir ! Et vous m'avez empêché de la mener à bien.

Luc encaisse ce reproche sans mot dire – lui qui, au contraire, a tout fait pour aider son oncle !

– Oui ! s'entête André. Ainsi, tu as ajouté à ma responsabilité une seconde disparition !

André sanglote et se prend la tête entre les mains. Luc saurait consoler un enfant, mais il reste désemparé devant ce chagrin d'adulte. Il devine que les douleurs de l'âme s'aggravent en vieillissant, qu'elles sont soulignées par le poids d'une vie : enfant, un chagrin se corrige ; mais les peines des vieillards sont définitives et par là même désespérées.

– Tout n'est peut-être pas perdu, murmure Luc en hésitant.

– Non. Tout n'est pas perdu, dit André en invitant son petit-neveu à entrer dans la voiture électrique.

– Que veux-tu dire ?

Mais désormais son oncle ne desserre plus les dents. Il conduit vite. Et c'est à peine vingt minutes plus tard qu'il s'engouffre sous le tunnel de feuillage et débouche dans la zone interdite. Le véhicule, quelque peu endommagé et cabossé par le mur de pierre qui s'est écroulé sur lui au départ de la fusée, cahote violemment sur le mauvais chemin.

Le regard sec et fixe, les gestes nerveux et sûrs, André arrête la voiture devant les bâtiments du centre, pénètre dans la salle des commandes, vérifie que le radar n'a enregistré l'entrée dans l'atmosphère d'aucun engin spatial à deux cents kilomètres à la ronde. Puis il déclenche l'ouverture des panneaux géants du hangar.

– Luc, tu vas m'aider à remplir les réservoirs.

– Tu ne veux tout de même pas ?…

– Si. La dernière fenêtre se situe autour de minuit. Nous avons tout juste le temps d'amener une fusée Titan II sur la piste d'envol.

– Sans vérifier l'état de la capsule ? Ni les relais des étages ? Sans procéder aux corrections de trajectoire ? Mais ce serait de la folie !

– Une telle procédure demanderait trois jours de travail. C'est attendre trois jours qui serait une folie.

– Les risques…

– Je les assume. Pointant un doigt accusateur vers Luc, André ajoute : Et je t'avertis, mon neveu, que tu ne prendras pas ma place !

Luc ne répond rien. Mais il sait, comme son oncle, que l'échec d'une telle mission improvisée est certain. Il se contente de suivre André qui se dirige vers les fusées, connecte les câbles au chariot de départ. Voyant l'entêtement du savant, il risque :

– Mon oncle, sois raisonnable. Tu n'as pas une chance sur un million de réussir.

– Mon cœur tiendra, sois sans crainte.

– Je pense aux calculs de la trajectoire. Il faut les refaire entièrement. Et ce n'est pas avec les quelques heures qui nous restent que tu pourras estimer, même avec une marge d'erreur réduite, la position du satellite centaurien – et encore moins celle de la capsule Gemini. Non, à mon avis, Marc a déjà atterri, mais aux antipodes peut-être. Nous devrions attendre qu'il nous fasse signe et…

– Remplissage des réservoirs.

Luc soupire, hausse les épaules, et se dirige, résigné, vers les cuves de propergols.

•

Quand le soir tombe sur la garrigue, une seconde fusée Titan II se dresse au centre de l'esplanade.

Depuis la salle des commandes du centre, Luc l'observe avec rancœur. Elle a toutes les chances d'exploser, car la température des propergols n'est pas assez basse. Si elle part, le second étage risque fort de ne jamais s'allumer. Et dix mille défaillances imprévues transformeront de toute façon cette tentative de sauvetage en suicide. Mais Luc sait qu'André est persuadé qu'il doit payer désormais de sa vie.

– Voilà vingt-quatre heures que Marc est parti, dit Luc.

André ne répond pas ; il observe la nuit qui tombe, les étoiles qui s'allument, et la silhouette obscure de la fusée qui, au loin, dresse sa silhouette lugubre.

– J'ai prévu la mise à feu pour minuit, déclare enfin André. À 23 h 40, tu déclencheras le préchauffage des moteurs.

Pourquoi minuit ? se demande Luc. Pourquoi pas minuit un quart ou minuit moins dix ? Hier, le tir était précis à la seconde près, tout était mis en œuvre pour atteindre la cible ; et aujourd'hui, il s'agit de lancer dans l'océan du ciel une bouée au jugé.

– C'est l'heure, dit André. Tu sais ce que tu as à faire.

Luc n'essaie pas de retenir son oncle. Il se jette dans ses bras et l'étreint. Le voyant s'éloigner vers la voiture électrique qui le conduira jusqu'à la fusée, il songe qu'il va le perdre juste après l'avoir retrouvé.

Puis il revient dans la salle des commandes et, à 23 h 40, il appuie sur le bouton qui déclenche le préchauffage des moteurs. Là-bas, la fusée se noie dans la nuit et dans les vagues vapeurs blanchâtres des propergols volatils.

23 h 44. Luc attend, le regard perdu vers les Pyrénées dont les crêtes enneigées sont parfois visibles, le jour, par temps clair. Mais tout à coup, il sursaute : là-bas, quel est ce point brillant qui grossit dans le ciel ?

Son cœur bondit dans sa poitrine ; il jette un coup d'œil sur l'horloge, 23 h 47.

– Bon sang ! À huit ou dix minutes près, c'est l'heure du troisième rendez-vous. Est-ce que ?…

Il n'ose encore espérer : ce point peut être un satellite, un avion. Il saisit les jumelles à infrarouges et les braque vers la lueur. À vingt ou trente kilomètres de là, une immense gerbe de flammes traverse le ciel en oblique.

– Il revient… il revient !

Et sa voix résonne pour lui seul contre les parois de la pièce. Fébrilement, il éteint tous les contacts, annule la procédure de départ.

– La carte routière ! Où est-elle ? Voyons, il va atterrir dans la direction sud-sud-ouest.

Il reprend les jumelles, mais la lueur s'est éteinte. Et c'est au bout d'une longue minute qu'il repère enfin, à deux ou trois kilomètres d'altitude, le dessin oblong d'un immense parachute.

– Un seul parachute s'est ouvert ! Et on dirait qu'il s'est mis en torche. Pourtant… Mais non, ce ne peut être que lui ! Il a modifié le pointage, avancé de quelques minutes le rendez-vous pour arriver exactement au lieu prévu. Fantastique !

Luc se rue hors de la salle des commandes, il se jette sur son VTT, et se lance à perdre haleine sur l'esplanade de béton. Il n'aperçoit pas l'ornière d'un des rails ; il chute lourdement, s'écorche le genou, veut reprendre son vélo dont la roue avant, voilée, se bloque aussitôt contre les patins du frein. Il jure, peste, abandonne sa bicyclette et se met à courir en hurlant :

– Marc revient ! Marc revient !

Arrivé au bas de la fusée Titan II, il se fraie un chemin à l'aveuglette dans un nuage de vapeurs brûlantes ; il gravit quatre à quatre les échelons de l'échafaudage, parvient au sommet au moment où la capsule s'ouvre. Apparaît le visage courroucé d'André, en scaphandre. L'oncle de Luc vocifère en vain derrière le casque de plexiglas, qui ne laisse filtrer aucun son.

Luc hurle à son tour quelque chose qu'André ne peut pas entendre. Enfin, ils déverrouillent ensemble le casque.

– Il est minuit passé ! clame André. Et tu n'as pas fait partir la fusée !

– Il revient… la capsule… Là-bas !

À bout de souffle, Luc désigne le ciel du côté où a surgi le trait de feu.

– Là-bas… À quinze ou vingt kilomètres de la côte ! Il retombe, il arrive. Il a peut-être déjà amerri !

Incrédule, André scrute l'horizon. Mais comment distinguer quoi que ce soit, à cette distance, sous le faible éclairage de la lune ?

– C'est lui, André ! Ce ne peut être que lui !

Luc paraît tellement enthousiaste que son oncle ne doute pas une seconde. Négligeant d'enlever sa combinaison spatiale, il dégringole à grande vitesse les échelons, suivi de Luc. Ensemble, ils courent vers la voiture abandonnée derrière le muret délabré, s'y engouffrent, et foncent sur l'esplanade.

Le véhicule tangue dangereusement sur le sol inégal, traverse un champ de lavande, cahote sur une étendue pierreuse, s'engage et sinue dans un champ d'amandiers avant de retrouver l'issue du tunnel de broussailles.

– Ah, que de temps perdu ! maugrée André.

Mais ses yeux brillent de joie. Et il lance la voiture à sa vitesse maximum sur le revêtement goudronné de la route nationale.

Un quart d'heure plus tard, ils arrivent aux Aresquiers, abandonnent le véhicule, franchissent en courant la vieille passerelle qui n'en finit pas de rouiller, et trottent sur le chemin de terre qui file droit vers la mer. Ils sont seuls et joyeux et gonflés d'un espoir insensé. Luc suit avec difficulté cet homme de soixante-sept ans qui semble avoir, cette nuit, retrouvé une seconde jeunesse.

Mais André pile brusquement sur place, sans raison apparente, comme un chien à l'arrêt. Il hume l'air avec délice, désigne à son neveu le ciel, puis les grands marécages qui encadrent le chemin, et dans lesquels se reflètent les étoiles.

– Regarde, Luc ! s'exclame-t-il. Ici, la terre et l'eau ont épousé le ciel. Jamais dans ce miroir la nuit n'a été aussi belle.

12

Voilà une demi-heure que le canot erre sur l'eau, au large. De guerre lasse, Luc arrête le moteur, soupire :

– Il faut attendre le jour.

– Et si tu avais rêvé ? Tu sais, certaines étoiles filantes ont un éclat particulièrement intense.

– Et un parachute ? Non. C'était Marc.

– Là-bas ! crie André. Là-bas, c'est la capsule !

À sept ou huit cents mètres, un îlot mobile et pointu tangue comme une grosse bouée de signalisation.

– Non, rectifie aussitôt André à voix basse. Non, inutile d'y aller. Cela ne ressemble en rien à une capsule Gemini. C'est un bateau de pêcheurs, ou un signal indiquant la présence de récifs.

Luc, une nouvelle fois, scrute longuement la mer, hérissée de courtes vaguelettes noires, à la recherche du moindre point saillant et suspect.

– Pourtant, s'entête-t-il, je suis certain de la direction : la capsule est tombée près d'ici. Nous devrions l'apercevoir.

Soudain, il saisit l'épaule de son oncle :

– André ! Écoute !

Le faible vent du large leur apporte un faible ululement : U... Uu... Uuu... Puis un cri modulé : Eéé... Eéé...

– C'est Marc ! s'exclame Luc, transporté d'allégresse. C'est la voix de Marc ! Il nous appelle ! Cet objet, André, c'est bien la capsule !

– Impossible. Cette forme...

Son oncle, fronce les sourcils, incrédule. Et soudain, il comprend :

– Quel imbécile je fais ! Pourquoi n'y ai-je pas pensé plus tôt ? C'est le satellite extraterrestre. C'est avec lui qu'ils sont revenus ! La capsule Gemini a dû rester en orbite !

Luc veut remettre en marche le moteur qui crache, tousse.

– Ah non, ce serait trop bête de tomber en panne maintenant !

Enfin, le moteur consent à partir. Et le canot trace son sillage vers le vaisseau spatial qui flotte à la dérive. Bientôt, ils aperçoivent une, puis deux silhouettes qui s'agitent sur la coque dont le métal brille faiblement sous la lune.

– Le Centaurien, murmure Luc, la gorge serrée. Le Centaurien ! Ainsi, Marc a réussi !

À trente mètres de la capsule, André stoppe le moteur pour laisser le canot filer sur son erre. Et le spationef immergé leur apparaît dans toute sa grandeur.

– Luc ! André ! leur crie Marc. Voilà trois heures que nous sommes bloqués ici !

– Vous êtes tombés à quinze kilomètres de la côte ! hurle Luc. Et nous vous attendions dix-huit heures plus tôt !

– J'ai fait ce que j'ai pu. J'ai épuisé mon carburant, abandonné ma capsule en orbite. Et nous avons accompli trois révolutions avant de pouvoir revenir.

– Quelle importance ? dit André. Marc, tu as réussi !

Le canot heurte doucement le vaisseau spatial, et Marc recule pour désigner la silhouette qui, jusqu'ici, était restée en retrait.

– Bonjour, dit une voix qui sonne clair dans la nuit. Je m'appelle Clia.

•

Avant d'accepter d'embarquer dans le canot à moteur, Clia a tenu à retourner un instant dans le vaisseau centaurien. À peine est-elle revenue pour rejoindre Marc et ses compagnons dans la frêle embarcation, que l'engin extraterrestre pivote doucement sur l'eau. Bientôt, son hublot ouvert arrive au niveau des vagues, qui s'engouffrent dans l'habitacle. Et dix secondes plus tard, le satellite venu d'ailleurs disparaît sous les eaux.

Clia, un instant, semble se recueillir face au tourbillon qui s'efface. Enfin, elle se tourne vers ses hôtes et hoche lentement la tête. Luc comprend, mais trop tard, qu'il vient d'assister à une étrange et brève cérémonie. Du vaisseau ne subsistera plus, dans toutes leurs mémoires, qu'un souvenir fantomatique que les reflets dansants de la lune dissipent sur la mer.

•

Le ronronnement de la voiture électrique berce les quatre passagers.

André conduit lentement. Et Luc, à ses côtés, l'observe. Le front du vieil homme, d'ordinaire si tourmenté, est redevenu lisse et serein. Comme si le poids des soucis accumulés s'était d'un coup dissipé. Luc se retourne aussi, de temps en temps. Et lorsqu'il aperçoit Marc et Clia assis côte à côte sur le siège arrière, la même émotion l'étreint.

Déjà, il se souvient l'avoir ressentie tout à l'heure, lorsque cette jeune fille lui a serré la main dans le canot, plongeant ses yeux noirs dans les siens. C'est une émotion faite de curiosité, de gêne, d'émerveillement aussi.

Luc, face à Marc et Clia, ne se sent pas à l'aise. D'abord, il se trouve ridicule et petit devant son camarade qui a accompli cet exploit ; mais aussi, il a l'impression d'être exclu – exclu de la complicité qui unit désormais Marc à l'extraterrestre, exclu d'un secret qu'ils partagent, et qu'il ne perce pas. Car cette jeune inconnue a franchi quatre années-lumière, elle a voyagé vingt-cinq ans : et elle ressemble à s'y méprendre à n'importe quelle lycéenne, elle est même habillée à peine différemment des Terriens : une sorte de jogging ample taillé dans un tissu très souple aux reflets colorés.

Une heure auparavant, Luc était prêt à imaginer les Centauriens sous n'importe quel aspect : celui d'une araignée ou d'un céphalopode. Et il ne sait plus si voir Clia aussi semblable à une Terrienne le rassure, le déçoit, suscite en lui incrédulité ou stupéfaction.

Depuis son retour, Marc n'a pas prononcé trois phrases, Clia n'a pas non plus desserré les dents. Entrant dans la voiture électrique, elle n'a manifesté ni crainte ni étonnement.

Et plus le silence s'installe, plus il pèse et devient difficile à rompre. Pourtant, Luc a mille questions à poser.

Comme le véhicule quitte la route de Cournonterral pour emprunter la voie qui longera le centre spatial, Luc interroge enfin, tournant à demi la tête :

– Clia parle-t-elle français ?

Et André, au volant, soupire, comme s'il était soulagé que quelqu'un d'autre brise la glace.

– Elle parle français, dit Marc. Sur Proxima, certains Centauriens connaissent maintenant notre langue.

Mais Marc n'en dit pas plus. Et Luc, soudain jaloux, songe à ces dix-huit heures que Marc et Clia ont passées en orbite. Qu'ont-ils donc pu se dire pendant tout ce temps ? Pourquoi se taisent-ils obstinément ?

– N'était-ce pas un risque d'utiliser le vaisseau centaurien pour revenir sur Terre ? demande-t-il.

– Nous n'avions pas le choix, Luc : ma capsule Gemini était inutilisable et hors d'atteinte. Je nous croyais condamnés à rester en orbite. Mais une fois réveillée, Clia m'a appris qu'elle pouvait facilement programmer l'ordinateur de son bord pour calculer la trajectoire du retour, et faire revenir sa capsule.

– En ce cas, fait Luc, elle aurait même pu revenir seule sans réclamer l'aide des Terriens ! Il suffisait que son réveil ait été programmé à l'avance…

– C'était trop… hasardeux, murmure Clia.

Elle fixe Luc d'un regard désarmant et limpide, semble chercher ses mots, puis reprend lentement, avec un accent indéfinissable :

– Trop risqué d'atterrir n'importe où, sans savoir si j'étais attendue.

– Vous étiez attendue, dit Luc.

Et il manque ajouter : « Depuis vingt-cinq ans. »

À ce moment, la voiture s'engage sous la tonnelle de feuillage qui permet de franchir clandestinement les limites du centre spatial. Les phares trouent l'obscurité, débusquent la garrigue endormie. Les murets de pierres sèches défilent de chaque côté du véhicule. Dans la campagne baignée d'ombre, les figuiers, les chênes-lièges et les oliviers centenaires prennent des reliefs de dessin animé. Et Luc a l'impression de vivre une sorte de rêve.

Clia, tout à coup, se redresse un peu plus sur son siège ; elle approche son visage de la vitre. Son sourire s'est dissipé, et son attention se tend à l'extrême comme à l'approche d'un danger. Marc, lui, ne quitte pas sa compagne des yeux ; il guette ses réactions, semble même les connaître à l'avance. Et Luc sent qu'il se passe quelque chose d'inhabituel, d'important.

En même temps lui revient en mémoire sa réflexion non formulée : depuis vingt-cinq ans.

Il comprend que son raisonnement boite. Cette Belle au bois dormant que Marc est venu réveiller en orbite ne peut avoir dormi vingt-cinq ans dans son cercueil de verre. Et pourtant… et pourtant, le message parvenu à la Terre en 1974 est parti quatre années plus tôt, avant 1970.

Les lèvres de Clia se sont mises à trembler.

– Peux-tu arrêter la voiture ? demande-t-elle à André.

Elle ouvre la portière et quitte le véhicule immobilisé au milieu de la garrigue. Là, il court un petit vent frais, chargé de senteurs où le thym, la lavande et l'arôme plus âcre du raisin desséché ont mêlé leurs parfums.

Les trois hommes sont sortis à leur tour. Silencieux, attentifs, ils guettent la jeune fille comme si leur sort dépendait de son jugement sur ce monde.

Immobile, celle-ci suit des yeux le chemin de terre qui serpente vers la ligne horizontale du plateau. À l'est, quelques étoiles pâlissent. Un vague halo rosâtre naît du côté de Montpellier et noie le ciel dans une brume imprécise.

Alors, Clia se dirige vers le chemin. Elle l'emprunte, et commence à marcher d'un pas lent et cadencé. Au bout d'une centaine de mètres, elle s'arrête, balaie du regard le paysage, se retourne et jette un sourire à ses compagnons, qui l'ont suivie et se sont aussi arrêtés. Un sourire ? Non, songe Luc, que l'expression de Clia transporte. Non : une indescriptible allégresse, la béatitude de celui qui sait entrer au paradis.

D'un geste, Clia ramène dans son cou ses cheveux que la brise a tordus. Et elle se met à courir.

– Clia ! hurle Marc.

André, qui bondissait pour la suivre, s'arrête en entendant ce cri. Sa lèvre inférieure tremble, et son front à nouveau se plisse. Remonte à sa mémoire un souvenir longtemps refoulé, un souvenir que soixante ans n'ont jamais pu effacer. Car cette scène lui en rappelle une autre, de même qu'un rêve parfois recouvre un cauchemar plus ancien.

– Clia, reviens ! crie encore Marc.

Il rejoint la jeune fille qui s'est éloignée du chemin, qui se penche à présent vers une zone de garrigue étrangement sombre : là, l'herbe n'a pas repoussé, la terre et les cailloux dessinent un vaste cercle inégal.

– Ici, murmure Clia. Oui, c'était ici.

André s'avance, il regarde le cercle qu'elle désigne.

– Et la maison, continue-t-elle, la maison… elle devrait être là.

La jeune fille pivote sur elle-même et s'oriente. À la fois fébrile, joyeuse et mélancolique, elle tend la main vers les murs de La Fertalière. Une lueur de l'aube naissante caresse le vieux toit de la demeure familiale, qui se distingue à peine des ruines voisines.

– Existe-t-elle encore ? Existe-t-elle ? Dites-moi.

Le soleil à présent fait surgir la maison du vallon, en détaille les murs de pierre, les carrés sombres des fenêtres, les tuiles disjointes et éparses.

Clia, le regard perdu vers la demeure, pleure. C'est un chagrin sans peine, ce sont des larmes sans amertume ; elle pleure comme on ferme les yeux lorsqu'on a trop sommeil.

André s'approche de Clia, il lui saisit les mains, il prend et dessine entre ses doigts le visage de la jeune fille. Et l'on dirait que sa raison essaie de franchir les limites de l'impossible.

Marc les rejoint ; dans un geste protecteur et contenu, il entoure de ses bras le vieil homme et la jeune fille qui se font face et se dévisagent.

– Clia ? murmure André.

– Ce n'est pas mon vrai nom, dit-elle. Mon vrai nom, les Centauriens n'ont jamais été capables de le prononcer. En réalité, je m'appelle…

– Claude !

Et des larmes de joie coulent sur les joues ridées d'André.

13

– Claude, tu es revenue !

André pleure et Clia rit en se blottissant dans les bras du vieil homme.

– André, murmure-t-elle en un flot continu, je n'ai plus vécu que pour te retrouver. Je me demandais si tu vivrais encore, je tentais de m'imaginer combien tu aurais vieilli. Mais je ne peux pas croire que cela est possible, je n'aurais jamais osé espérer que ce serait toi, mon propre frère, qui viendrais me chercher…

– C'est Marc !

– C'est toi qui as compris, c'est toi qui as tout fait : Marc m'a tout expliqué.

– Mais moi, personne ne m'a rien expliqué, jette tout à coup Luc derrière eux, sur un ton agacé.

Et j'aimerais bien comprendre comment André pourrait être le frère de Claude puisqu'elle a voyagé pendant vingt-cinq ans…

– Non, rectifie-t-elle. Pendant quatre ans et demi. Je t'expliquerai, Luc, oui. Mais pour l'instant, venez. Laissez-moi retrouver tout ce que j'ai quitté.

André, lui, n'a pas besoin d'explication. Que sa sœur ait seize ou dix-sept ans alors qu'il n'est que de deux ans son aîné ne semble ni l'étonner ni le préoccuper.

Négligeant la voiture, Clia rejoint le petit chemin de terre et se dirige vers les ruines de La Fertalière. Les autres la suivent à quelques pas. Autour d'eux, les cigales entament leur chanson obsédante ; la garrigue se réveille.

Parvenue aux abords de la vieille demeure, Claude a un long regard pour le jardin abandonné où les herbes folles ont poussé entre les vignes, où les figuiers ont dressé plus haut et plus large la frondaison de leur feuillage laiteux, où les oliviers ont étendu un peu plus loin les grands tentacules difformes de leurs branches.

Claude s'arrête et considère en silence les pierres inégales de la grande maison, un peu plus descellées chaque année parce que les lézards y trouvent un refuge de silence et de soleil. Elle a un triste sourire pour les trous obscurs des fenêtres cassées, que tant de chaleurs et de froids ont traversées – soixante années d'absence.

Claude franchit le vieux perron usé par trop de pas, et elle entre dans la salle de séjour carrelée de tommettes rouges. Puis elle gravit lentement le roide escalier de bois noir qui sinue jusqu'au premier étage.

– Viens, dit André en l'entraînant jusqu'au grenier.

Et il lui montre le radiotélescope rongé par la rouille, le premier de ceux qu'avait construits leur père. Il lui fait voir les gros cahiers d'écoliers qui retracent bien plus d'années de vie que Claude n'en a vécu. Claude les feuillette et s'étonne que tant de choses se soient passées sur sa Terre, tandis qu'elle grandissait si lentement dans l'espace.

Enfin, André lui montre, sur les feuilles perforées, le message qu'elle-même, à 4,3 années-lumière de là, a fait adresser par les Centauriens à la Terre, un message qu'elle retrouve après l'avoir confié à l'espace et au temps voilà bientôt trente ans.

– Revenons, murmure-t-elle en considérant une dernière fois le grenier. Revenons au premier étage.

Ils s'assoient sur les chaises métalliques.

Un rai cru de lumière où flotte une myriade de poussières jaillit de la fenêtre et diffuse une onde de chaleur dans la vaste pièce humide.

– À présent, dit Luc, raconte.

Claude saisit la main de son frère, dit :

– André pourrait comme moi vous relater le début de cette histoire. Elle commence en 1941. À l'époque, j'avais sept ans, André à peine neuf. Notre père était prisonnier en Allemagne. Il avait dû interrompre ses recherches sur la radioastronomie ; André et moi, malgré notre jeune âge, avions toujours été passionnés par ses activités scientifiques qui éveillaient notre curiosité et nous émerveillaient. Ah, je me souviens encore des nuits passées à guetter sur son récepteur de fortune les messages venus des étoiles. Je me souviens aussi de ce qu'il affirmait souvent : « Si des êtres intelligents existent, s'ils cherchent à correspondre, le premier signe qu'ils enverront sera le symbole d'un cercle. » J'ignorais combien ces paroles allaient me marquer et m'être utiles…

– Le cercle, murmure Luc. Le nombre pi !

– Un soir d'été, à cinq cents mètres d'ici, un vaisseau extraterrestre se posa dans la garrigue. Inconsciente du danger, je me suis approchée. Et j'ai été presque aussitôt attirée à l'intérieur de l'appareil.

– Pourquoi ? Mais pourquoi ? demande André.

– Pour me protéger. Car les rayons permettant la propulsion de l'engin brûlent les cellules vivantes en cas d'exposition prolongée. Mais après m'avoir soustraite à ce danger, les Centauriens – car c'est bien d'eux qu'il s'agissait – comprirent que j'étais une enfant. À ce moment, je n'étais ni inquiète ni pressée de rentrer, je crois que je vivais cet épisode comme un jeu. Et puis je n'étais pas si étonnée d'être en présence de ces êtres qu'évoquait si souvent notre père. Ils saisirent l'occasion qui leur était offerte de revenir chez eux avec un habitant de la Terre. Pendant le voyage du retour, ils purent confronter les documents qu'ils avaient discrètement rassemblés et qui concernaient notre monde avec les concepts historiques, scientifiques et linguistiques contenus dans ma mémoire.

– Tu n'avais pourtant que sept ans ! dit Luc.

– Cet inconvénient portait en germe bien des avantages. J'étais réceptive, docile ; et tout ce que mon cerveau, pendant sept ans, avait enregistré sans que j'y prête moi-même attention, ils le reconstituèrent sans aucun mal grâce à un appareil que l'on pourrait appeler un psychosondeur. Pendant le trajet, ils perfectionnèrent ces données afin que je devienne une intermédiaire privilégiée pour leur traduire les documents dont ils avaient fait moisson ici.

– Mais ce voyage du retour dura ?… demande Luc.

– Quatre années et demie, dit Claude. Quand nous sommes arrivés sur Proxima, je n'avais pas douze ans.

– Mais pendant ces quatre années et demie, ajoute André, vingt-neuf ans s'écoulaient sur la Terre.

– Comment cela est-il possible ?

– Cela n'est possible qu'ainsi, au contraire, explique Claude. Pour franchir ces énormes distances, les Centauriens utilisent des vaisseaux dont la vitesse approche sensiblement celle de la lumière, soit 300 000 kilomètres/seconde. Cette vitesse constitue un obstacle infranchissable, mais les astronefs les plus perfectionnés peuvent l'approcher. Malheureusement, se déplacer à cette allure fabuleuse entraîne certaines conséquences. Par exemple la masse des vaisseaux augmente considérablement ; et le temps, qui est fonction de la vitesse, n'est plus le même pour ceux qui se déplacent et pour ceux qui restent immobiles.

– Voilà près d'un siècle que les physiciens sont familiarisés avec cette théorie de la relativité*, qu'Einstein élabora dès 1906, dit André. Le Français Paul Langevin a imaginé l'odyssée d'un voyageur qui, approchant de très près la vitesse de la lumière, ne vieillirait pratiquement pas.

– Je croyais qu'il s'agissait là de suppositions... théoriques ! dit Luc.

– En 1960, les physiciens Pound et Rebka ont vérifié la théorie de la relativité* par l'expérience, dit André. Notamment en constatant qu'un méson* vit plus longtemps parce qu'il se déplace à près de 300 000 kilomètres/seconde.

– En somme, reprend Luc, Claude a dix-sept ans, mais elle a vécu... soixante-cinq ans ?

– Non, rectifie Claude. Je n'ai vécu que neuf années et demie pendant mes deux voyages. Pour moi, dix ans seulement se sont écoulés depuis que j'ai quitté la Terre, en 1941. Mais je savais que je la retrouverais soixante années plus tard, car je vieillissais moins vite par rapport à elle. Quand je suis arrivée sur Proxima, quatre années après mon départ, je savais que vous étiez en 1970 sur la Terre. Je voulais revenir, revoir mes parents et mes frères. Les Centauriens, qui lancent périodiquement des missions sur de nombreux mondes, maîtrisent parfaitement toutes ces notions d'espace-temps. Je suis restée quelques mois parmi eux, et ai emprunté ce vaisseau programmé pour rejoindre ma planète natale.

– Auparavant, dit André, tu as envoyé depuis Proxima un message qui a voyagé quatre années dans l'espace, et que notre père a reçu en 1974.

– Oui. Quand le message est arrivé ici, j'étais déjà en route.

André sourit et esquisse un geste vague, comme si ces précisions n'avaient aucun intérêt à ses yeux. Pour lui ne compte que la faute aujourd'hui rachetée, au prix du Temps qui lui rend sa sœur à l'âge que pourrait avoir sa petite-fille.

– Pardonne-moi, dit Luc à Claude, mais je ne peux me faire à l'idée que tu es née…

– En 1934, dit-elle en souriant.

– J'ai peine à croire aussi que tu avais sept ans quand tu as quitté la Terre : tu manies tous ces concepts scientifiques aussi aisément que mon oncle André !

– Les Centauriens ne se sont pas contentés de puiser en moi ce dont j'étais riche : ils l'ont analysé, entretenu et perfectionné. Ainsi, non seulement j'ai continué d'apprendre le français, mais on m'a formé l'esprit, développé l'intelligence et enseigné beaucoup de notions théoriques.

– Mais à douze ans, précise Marc, Claude a été mise sous hibernation. Car elle a dormi ces quatre dernières années.

– Dormi ? Pas exactement, avoue-t-elle. Des appareils maintenaient mon subconscient en éveil et le gavaient encore d'informations.

– Mais pourquoi cette hibernation au retour alors que tu as effectué le trajet Terre-Proxima éveillée ?

– Par économie, Luc : pour que je consomme le moins d'eau, de nourriture et d'oxygène possible. Et aussi pour éviter la solitude et les graves troubles qu'elle occasionne.

– Sais-tu, lui dit André, que tu as eu beaucoup de chance ? Père n'aurait pu te venir en aide, il est mort juste après avoir reçu ton message en Argentine. Le hasard a voulu que le mois dernier, je passe dans la région. J'ai voulu revoir la maison familiale, je me suis introduit clandestinement dans ce centre spatial désaffecté, et j'ai découvert les cahiers de Père au grenier. Dans les dernières pages, il révélait qu'un satellite venu d'ailleurs se mettrait en orbite autour de la Terre en août 1999. Mais comment aurais-je pu imaginer que tu serais l'Envoyée du Centaure ? Aussitôt, j'ai entrepris la remise en état de vieilles fusées à carburant liquide…

– Marc m'a tout raconté, André.

– Alors ce garnement t'a révélé comment il a pris ma place !

– Ta place ? Comment cela ?

Claude se tourne vers Marc, qui rougit un peu.

– Non, dit-elle, intriguée, cela, il ne me l'a pas dit.

– En fait, c'est moi qui devais voyager dans la capsule. Mais ces deux lascars ont manigancé tout un stratagème !

– Tu sais, André, je suis ravie que ce soit Marc qui…

C'est au tour de Claude de rougir, de se troubler.

– Explique-moi plutôt, demande André, pourquoi les Centauriens ont attendu de devoir renvoyer une Terrienne sur sa planète pour lancer un message radioastronomique dans l'espace ?

– Oh, ils n'ont pas attendu. Voilà des siècles qu'ils sont en contact avec d'autres espèces intelligentes habitant parfois à des dizaines d'années-lumière. Lorsqu'ils ont compris que Père était sur le point de découvrir la radioastronomie, ils se sont décidés à adresser un message vers la Terre.

– Un message destiné à notre père… qui l'a personnellement reçu ! Mais comment font-ils donc pour envoyer ces ondes d'une puissance exceptionnelle ?

– Pour simplifier, disons qu'ils captent l'énergie de leurs deux soleils et qu'ils font varier l'onde de l'hydrogène suivant la modulation désirée. Il s'agit d'une sorte de flûte géante qui transforme le flux en message codé.

– Ingénieux, apprécie André. Mais je suppose que nous sommes loin d'avoir leurs moyens techniques !

Une ombre passe dans le regard de la jeune fille.

– Je suis impatiente de retrouver le monde que j'ai quitté. Proxima n'a jamais été que ma planète d'adoption. Là-bas, j'ai connu des êtres auxquels je me suis attachée. Des êtres dont l'aspect physique est très différent du nôtre, et dont nous pouvons envier l'esprit et l'intelligence. Mais toujours, je songeais à la Terre. À Père – et à toi, André.

Elle tend les bras à son frère, qui se précipite vers elle et la serre à l'étouffer.

– Voilà cinquante-huit ans, murmure-t-il, cinquante-huit ans que j'attends cet instant ! As-tu pensé que je pouvais être mort, moi aussi ?

– Alors, dit Claude, j'aurais cherché à retrouver tes enfants. Ou tes petits-enfants. Je n'ai pas songé que la famille Pic ait pu s'éteindre. Dans ma capsule, Marc m'a révélé que son ami Luc était un parent à toi. Je suppose, achève-t-elle en considérant alternativement Luc et André, que c'est ton petit-fils ?

– Non, dit Luc. Je suis… Il hésite, réfléchit, et conclut, lui-même stupéfait : Je suis ton petit-neveu ! Eh bien, jamais je n'aurais cru me découvrir un jour une grand-tante plus jeune que moi !

– Mon… petit-neveu ? s'étonne Claude.

– Te souviens-tu de Paul ? demande André, Paul, notre petit frère. Il avait deux ans quand tu es partie en 1941. À présent, il en a soixante.

– Et Paul est ton père ! s'exclame Claude en se tournant vers Luc.

– Non : mon grand-père. Paul s'est marié en 1959. Il a eu un garçon l'année suivante : Sylvain est mon père. Marc n'a donc pas eu le temps de t'expliquer tout cela ?

– Figure-toi, grommelle Marc, que nous avons eu autre chose à faire qu'à débrouiller l'écheveau de vos histoires de famille.

– Mais Claude t'avait révélé son identité ? Tu avais compris ?…

– Tout de suite, avoue Marc, j'ai été troublé par la ressemblance entre Clia, André, Paul et toi. Tu comprends, je connais ta famille depuis tant d'années ! Surtout Paul, que je vois quotidiennement.

– Paul, murmure Claude. Paul, mon petit frère !

– C'est lui qui a repris la maison familiale, dit André. Voici près de quarante ans que je ne l'ai pas revu, moi non plus.

– Eh bien ! c'est l'occasion ou jamais de refaire connaissance, déclare Luc avec entrain. Oh, grand-père Paul a les nerfs solides, mais je me demande comment il va réagir face à cette double réapparition !

Mais le rire de Luc s'éteint dans sa gorge. Face à lui, Claude et André se regardent, émus. Ils essaient de reconnaître en l'autre l'être aimé si longtemps disparu. Ils tentent de refaire les chemins qui les ont séparés et les font se retrouver si différents aujourd'hui. Au-dehors, les cigales frottent inlassablement leurs ailes. Et Luc aime à penser que leur chant ressemble à ces ondes qui permettent de communiquer d'étoile à étoile.

– Oui, murmure André, en tournant son regard vers la garrigue. Oui, nous allons essayer de nous retrouver. Nous nous sommes perdus trop longtemps.

14

– Mais enfin, Marc, avoue-le : tu l'aimes !

– Et alors ? Même si c'était le cas, je ne vois pas où serait le mal !

– Tu oublies qu'elle est née en 1934 !

– D'accord. Je suis amoureux de ta grand-tante. Mais je la trouve très bien conservée. Et tout à fait à mon goût, en effet. Bon, tu m'aides à mettre la table ou tu me laisses le travail ? Après tout, nous sommes chez ton grand-père.

Marc sort du buffet une pile de soucoupes, la tend à Luc, et ajoute, un rien goguenard :

– Je sais ce qui te gêne : tu es jaloux, tout simplement.

– Moi, jaloux ?

Luc hausse les épaules et dispose les tasses à intervalles réguliers sur la nappe. Jaloux ? Allons donc, il se sent à la fois trop proche et trop lointain de cette tante venue du Centaure pour songer sérieusement à l'aimer d'amour. Mais il comprend confusément que Marc n'a pas tout à fait tort : depuis qu'il a effectué le rendez-vous spatial, il a en quelque sorte pris sa place. Luc se dit que Marc et lui se connaissent depuis trop longtemps pour ne pas se ressembler un peu et ne pas être à la fois heureux et frustrés des bonheurs de l'autre.

Songeur, Luc revient dans la cuisine pour achever de passer le café. Comme pour lui-même, il murmure :

– Je me demande ce que dira grand-père Paul quand il comprendra que tu aimes sa sœur aînée !

– Parce que tu crois qu'André va lui révéler la vérité ? Paul n'a jamais compris l'utilité des recherches de son propre père. À ses yeux, le radiotélescope n'était qu'un méchant gadget. D'ailleurs, il s'est empressé de ranger au grenier cet engin qui aurait pourtant sa place au Palais de la Découverte. Alors imagine sa tête si André lui explique que leur sœur a été enlevée par une soucoupe volante, et qu'elle revient cinquante-huit ans plus tard en n'ayant vieilli que de neuf ans et demi !

– Alors comment mon oncle présentera-t-il Claude ?

– Nous verrons bien. Mais je suppose qu'un silence de près de soixante années peut supporter quelques imprécisions. Il y a des vérités que Paul ne supporterait pas, Luc. Tu connais ton grand-père : c'est un homme de terrain, à l'esprit pratique, qui aime les situations claires.

Luc approuve en soupirant, s'empare de la cafetière qu'il va poser sur la table de la salle à manger. À l'entresol, une porte claque. Trois secondes plus tard, quelqu'un entre dans la salle, et Luc croit d'abord reconnaître André. C'est grand-père Paul. Il accroche sa casquette au dos d'une chaise et lance jovialement :

– Ah, ce café sent bien bon !

Il s'assoit, consulte sa montre, interroge :

– Il a bien dit seize heures ?

– Oui, grand-père. Mais il est moins cinq.

Paul approuve nerveusement, se lève, va jusqu'à la fenêtre et observe le chemin désert bordé de figuiers et de chênes-lièges. Puis il se retourne vers Luc et

Marc qui se taisent, et demande sur un ton faussement détaché :

– Alors il me ressemble ?

– Écoute, grand-père, dit Luc. Tu jugeras par toi-même. Il sera là dans cinq minutes.

Paul approuve, préoccupé. Et il regarde les coteaux sur lesquels son raisin mûrit. Luc se demande quelles sortes de souvenirs, de douleurs ou d'amertumes peut ruminer cet homme qui va dans quelques instants revoir un frère qu'il a à peine connu. Hier déjà, il a tenté d'interroger Luc et Marc qui, obéissant à la consigne d'André, n'ont pratiquement rien dit.

Luc ne peut s'empêcher d'être étrangement ému en observant son grand-père : pour la première fois, il l'imagine enfant ; il comprend que cet homme a été jeune, comme lui, qu'il a aimé, a souffert, et qu'on va raviver une vieille blessure.

– Et cette blessure ? lance Paul tout à coup. Complètement cicatrisée ?

– Tout à fait, affirme Luc. Ce n'est plus qu'un mauvais souvenir. La couture est à peine visible.

– Il faut apprendre à vivre avec des mauvais souvenirs, dit Paul. Avec des cicatrices, aussi. Mais décidément, je ne saurai jamais ce que vous avez été faire ce jour-là du côté du centre spatial ! Aussi, quelle idée…

– Ce n'était peut-être pas une mauvaise idée, dit Marc.

Paul s'apprête à protester – mais il y renonce.

– Tout est prêt, tout se passera bien, Paul ! dit Marc. Ne vous inquiétez pas.

– Mais je ne m'inquiète pas ! Est-ce que j'ai l'air inquiet ? Pourquoi serais-je inquiet à l'idée de revoir mon frère ? Je n'ai rien à me reprocher !

Luc se prend à redouter que Paul, tout à l'heure, n'accuse publiquement André de la disparition de leur sœur. Ou qu'il se plaigne d'avoir été abandonné par son frère. Après tout, ces retrouvailles pourraient bien tourner au drame : rien de tel que de mettre sur la table de vieux problèmes de famille pour provoquer des disputes et des fâcheries définitives.

– Tout de même, grommelle Paul en gardant un œil sur le chemin, vous avez bien préparé votre coup !

– Oh, nous n'avons rien préparé du tout, affirme Marc. Si nous n'avions pas parlé avec cette jeune fille, sur la terrasse de ce café, la semaine dernière…

– La semaine dernière ? J'en doute ! L'autre soir, lorsque Luc a commencé à me poser toutes sortes de questions sur mon père et sur la famille Pic, j'ai bien compris qu'il me cachait quelque chose. J'aurais dû me douter que vous aviez déjà rencontré André.

– Écoute, grand-père, je t'assure…

– Vous ne me convaincrez pas. Comment s'appelle cette jeune fille, déjà ?

– Clia, dit Marc qui, pour le plaisir, répète : Clia.

– Tout de même, quelle mise en scène ! bougonne Paul. Pourquoi André n'est-il pas venu me voir tout de suite ? Il n'a tout de même pas peur de moi ?

– Qui sait ? dit Luc qui, pour le frisson, répète : qui sait ?

Sur la table, le café refroidit. Les deux garçons se sont assis. Et Paul, préoccupé, frotte l'une contre l'autre ses mains avant de consulter une fois encore sa montre.

Lorsque la sonnette retentit, il se lève si vite qu'il renverse sa chaise. Il va ouvrir lui-même, et se trouve face aux parents de Luc. Ils reviennent de la pâtisserie, tendent le cou vers l'intérieur de la maison, interrogent à voix basse :

– Alors ?

– Il n'est toujours pas arrivé, dit Paul.

Mais on sonne à nouveau. Paul ouvre aussitôt.

Et André est là, très droit, très sérieux, les cheveux un peu décoiffés. Les deux frères se regardent longtemps, sans bouger, comme pour observer l'un sur l'autre les traces des regrets et du temps. Enfin, André murmure d'une voix un peu étranglée :

– Bonjour, Paul.

– André...

Ils avancent l'un vers l'autre en même temps et s'étreignent de la même poignée puissante. Luc les observe, et comprend qu'en cette seconde s'effacent soixante années de remords. Les voir ainsi, si semblables, se rejoindre et s'embrasser, lui rappelle le rendez-vous de Marc avec le satellite : que de temps et d'efforts là aussi pour que les deux vaisseaux s'abordent !

Enfin, Paul s'écarte d'André pour mieux le dévisager. Il déclare, en pesant ses mots :

– André... Je suis très content de te revoir.

– Je suis heureux, Paul. J'attendais ce jour.

– Entre ! Mais entre donc.

Il entre. Sylvain tend la main à André, mais le geste à peine ébauché avorte et les deux hommes s'embrassent.

– Oncle André, dit Sylvain, je crois inutile de te présenter Luc. Et Marc, son ami d'enfance.

– En effet, nous nous connaissons déjà.

– Assieds-toi. Mais, assieds-toi donc ! dit Paul.

André s'assoit. Et comme tous les regards sont tournés vers lui, il sourit un peu gauchement et murmure :

– Eh bien voilà, je suis revenu.

– C'est bien ! lance Paul précipitamment. C'est très bien ! Nous avons... tant de choses à nous dire. Mais on ne sait jamais par où commencer lorsqu'on se retrouve après...

– Cinquante-deux ans, dit André.

Paul part d'un rire un peu forcé qui se transforme en un sanglot qu'il étouffe.

– Bon, jette-t-il d'un ton rogue, tu nous sers le café, Luc ? Qu'est-ce que tu attends ?

Luc se précipite. Marc fait passer le sucre. Et la conversation renaît et se détend grâce à ces petites politesses qu'on se fait à table.

– Vous prenez du sucre ?

– Marc, tu me passes les serviettes ?

– Ah ! s'exclame Paul, le café est presque froid. Luc le fait toujours trop tôt. Je lui ai pourtant dit...

Luc protesterait bien, car Paul ne lui a rien dit ; mais il comprend que son grand-père a besoin de prendre la parole et la première place.

– Mais non, se récrie André. Et puis c'est moi qui suis arrivé en retard. Ce café est vraiment excellent.

– Ma foi, c'est toujours Luc qui le choisit et le passe. Eh bien, Sylvain, ce gâteau ?

On le découpe, on le partage, on le déguste, on l'apprécie.

– Ainsi… tu passais par ici ? demande Paul en cherchant ses mots. Tu te trouvais dans la région ?

– Je voulais revoir la maison, dit André. Notre maison de La Fertalière.

– Les enfants ont dû t'expliquer que nous avons été expulsés.

– Oui. Mais j'y suis retourné tout de même.

– En franchissant les limites du centre désaffecté ?

– Oh, fait Luc, ce n'est pas si difficile de se faufiler dans le camp.

Paul lance à son petit-fils un regard noir et ajoute pour André :

– Alors tu as revu la maison ? Tu y es entré ? Tu n'as pas dû y retrouver grand-chose.

– Non, pas grand-chose, dit André en écho.

Soudain, Paul se lève comme s'il avait oublié quelque chose d'important.

– Ah, il faut que je te fasse goûter ma liqueur d'orange. Non : plutôt mon muscat. Il vaut largement celui de Frontignan. Bien sûr, il n'a pas l'appellation — mais si nous avions le droit de sucrer nos vins… Tiens, je vais plutôt te proposer cela.

Il pose sur la table une bouteille sans étiquette.

– Qu'est-ce que c'est ? demande André.

– Du marc, dit Marc. De l'eau-de-vie de raisin.

Mais au moment où ils s'apprêtent à trinquer, la sonnette retentit à nouveau. Et ils suspendent leur geste.

– Je vais ouvrir, dit Marc.

Quand il revient dans la salle, il est accompagné d'une très jolie jeune fille dont la robe d'été claire fait ressortir la chevelure et la peau brunes.

Elle s'arrête sur le seuil, impressionnée, puis adresse un sourire à tous.

– Je vous présente ma fille Clia, dit André.

– Ta fille ? s'étonne Paul. Mais alors, tu…

– Non. Je ne me suis jamais marié. Mais j'ai une fille. Voilà.

Paul approuve vivement, comme s'il voulait faire comprendre à son frère qu'il ne poussera jamais l'indiscrétion plus loin. Mais il ne peut s'empêcher de demander :

– Si j'ai bien compris, c'est par l'intermédiaire de… Clia que Luc et Marc ont fini par te joindre ?

– C'est cela, dit évasivement André qui, après réflexion, ajoute : oui, c'est exactement cela, nous nous sommes retrouvés grâce à Clia.

– Bien entendu, tu restes… ta fille et toi vous restez quelque temps avec nous ?

– Je ne sais pas.

– As-tu un travail urgent ?

– Non. Désormais, je suis à la retraite. Vraiment à la retraite : j'ai fait tout ce que je voulais faire.

– Mais où loges-tu ?

– À l'hôtel Pinède, à Fabrègues.

– À l'hôtel ? s'exclame Paul, scandalisé. Mais nous avons des chambres pour vous ! Tu es ici chez toi.

Paul s'interrompt, rougit violemment et répète à voix basse en pesant cette fois tous ses mots :

– Tu es ici chez toi, André. Cette maison est la tienne. Tu sais que nous avons été expropriés. Eh bien désormais, cette villa est à nous.

Il s'arrête encore, parcourt des yeux tous ceux qui l'entourent : les parents de Luc et Luc. Marc et Clia, assis l'un à côté de l'autre. Puis son frère.

– À nous, lui répète-t-il gravement.

– C'est vrai que la maison est grande, ajoute Sylvain Pic. Presque aussi grande que la propriété de La Fertalière.

– Alors, demande Paul, vous restez ?

– Je veux bien, dit André. Quelques jours. Si nous ne vous dérangeons pas.

– Parfait !

Paul jette à toute la famille un regard satisfait.

Et Sylvain Pic précise :

– De toute façon, les vacances s'achèvent et nous retournons tous les trois après-demain à Paris.

– Paris ! dit Paul avec rancœur en désignant Sylvain. Vois-tu André, j'ai longtemps espéré que mon fils reprendrait l'exploitation. Mais non, il a préféré aller se marier et travailler à Paris ! Tu as pris ta retraite, dis-tu. Eh bien moi je voulais aussi la prendre. Mais si je ne m'occupe plus des vignobles, qui en aura soin ?

– Rassure-toi, grand-père, dit Luc. Quelqu'un d'autre prendra la suite. Parfois, il est nécessaire de sauter une génération.

– Je crois, soupire Paul, que Luc n'aime Cournonterral que parce qu'il y retrouve son ami Marc. Sais-tu, André, que je connais ce petit depuis dix-huit ans ?

Le petit Marc sourit avec indulgence. En ce moment, il tient dans la sienne la main de Clia. Grand-père Paul s'en aperçoit et comprend tout à coup que Marc n'est pas aussi petit que cela.

– Son père, poursuit-il, s'occupait de l'élevage des moutons. Mais Marc sait aussi très bien soigner la vigne. C'est moi qui lui ai appris. Ah, les moutons et la vigne ! Autrefois, l'un n'allait pas sans l'autre.

– C'est vrai, murmure Clia. Les moutons et la vigne. Je me souviens très bien.

Paul la regarde, sans comprendre.

– Est-ce que la région vous plaît ? lui demande-t-il brusquement.

– Beaucoup. Je crois que je vais y rester.

– Ah !

Grand-père Paul achève son verre d'un trait. Tous ces événements, toutes ces perspectives le dépassent et lui tournent un peu la tête. Son regard va et vient d'André à Clia, de Clia à Marc. Et il dodeline du chef d'un air satisfait.

Un silence prolongé noie la pièce qui s'assombrit.

Luc, le premier, se lève et va jusqu'à la fenêtre. Il écoute les cigales dont le chant s'apaise peu à peu ; il regarde, du côté de La Fertalière, les ruines et les bâtiments du vieux centre spatial qui, dans le crépuscule, se confondent ; il songe que les fusées vont continuer de rouiller longtemps dans le grand hall de béton désaffecté. Et il se laisse bercer par les conversations qui, derrière lui, se poursuivent en un murmure continu.

– Je suppose, demande Paul à voix basse, que tu as beaucoup voyagé pendant tout ce temps ?

– Oui, beaucoup, avoue André. Mais beaucoup moins que Clia.

Paul approuve d'un hochement régulier de la tête : depuis quelques heures, il est prêt à admettre ce qu'il ne comprend pas.

– Tu sais, ajoute-t-il, je suis content que la famille se soit agrandie et réunie ainsi. Et comme cela me réjouit que ce soit précisément grâce à une fille ! C'est que…

Paul se tait, hésite – et laisse enfin planer l'ombre de celle qu'il croit disparue.

– Enfin, tu me comprends ?

– Je comprends, dit André.

– Clia, murmure Paul comme pour lui-même. C'est un nom bien curieux.

– Ce n'est pas mon vrai nom, dit Claude. Mais je ne me souviens pas qu'on m'ait appelée autrement.

Luc, qui regardait naître les étoiles, sourit et se retourne enfin. Alors, il est frappé par le cercle que dessinent, autour de la table, tous ceux qui se font face et qu'il aime. Et lorsqu'il aperçoit dans le ciel le point mobile et brillant d'un satellite inconnu, il comprend que quelque chose s'achève en se refermant.

Postface

Pourquoi l'action de ce roman de SF se situe-t-elle en… 1999 ? C'est simple : écrit en 1973, *Le satellite venu d'ailleurs* fut publié pour la première fois en… 1974 ! À l'époque, 1999 me semblait un futur suffisamment lointain. Car je souhaitais ancrer l'action dans le quotidien, utiliser des technologies réelles et contemporaines. Pas question donc de placer mes personnages en 2313.

La réédition d'un roman qui accuse un quart de siècle pose de multiples problèmes : le style de l'auteur et ses idées ont évolué. Peut-il relire et modifier son texte pour que celui-ci soit conforme à ses exigences actuelles ? Sans doute ! (c'est d'ailleurs, depuis des siècles, ce que font la plupart des écrivains). Doit-il aussi actualiser les technologies ? Ici, c'était bien sûr impossible : la trame de la généalogie des personnages était si étroitement imbriquée à l'histoire (1941 : l'Occupation, le père prisonnier) et à la science (la radioastronomie, découverte en 1936 ; les premières fusées françaises Diamant et Ariane, le lanceur Titan II…) que toucher à un morceau de cet édifice entraînait son effondrement.

Ces problèmes se multiplient quand il s'agit d'un roman de SF dont l'action se situe dans *un avenir que le présent a rattrapé !*

Seulement voilà : les auteurs de SF ne sont ni des prophètes, ni des futurologues : ils n'imaginent des futurs, souvent très fantaisistes, que pour faire réfléchir le lecteur sur les problèmes du présent, ou les inviter à goûter au vertige provoqué par certains décalages – ici, celui de la relativité du temps.

Le satellite venu d'ailleurs se situe donc dans un autre présent. Non pas celui de *l'uchronie*, qui est « un présent différent entraîné par un événement historique non conforme » mais le présent de n'importe quelle fiction.

Aujourd'hui, on lit toujours *De la Terre à la Lune* et *Objectif Lune* – même si l'on sait qu'avec Apollo 11, les choses se sont passées autrement.

N'est-ce pas là le plus grand hommage que le lecteur puisse rendre à un ouvrage ? Le lire comme une… anticipation historique !

Car il en est de la littérature comme du vin ou des alcools : certains se bonifient en vieillissant. D'autres tournent en eau… ou en vinaigre.

Je suis très fier qu'après un quart de siècle, mon *Satellite* continue de tourner… et que vous ayez pu le saisir au vol. Puisse-t-il, grâce à vous, lecteurs, rester encore longtemps en orbite !

Juin 1999

C. G.

Lexique

Apogée, périgée (p. 48) : un satellite artificiel ne tourne pas autour de la Terre en décrivant un cercle parfait, mais une ellipse (une sorte de cercle plus ou moins aplati). Le périgée est le point où le satellite est le plus près de la Terre, l'apogée le point où il en est le plus éloigné.

Quasars (p. 73) : objets quasi stellaires (dont la structure ressemble à celle d'une énorme étoile) qui émettent des ondes radio régulières d'une puissance gigantesque.

Propergols (combustible, comburant ; diméthylhydrazine asymétrique et peroxyde d'azote) (p. 100) : toute combustion nécessite la combinaison de deux éléments chimiques. Sur Terre, l'un d'eux est très souvent l'oxygène de l'air. Dans l'espace où se déplace la fusée, pas d'oxygène ! Le moteur de la fusée doit donc emporter les deux éléments chimiques destinés à provoquer la fameuse combustion. Ces deux éléments sont appelés des propergols. Il y a un propergol oxydant, le comburant (qui remplace en quelque sorte l'oxygène de l'air) et un propergol combustible : le combustible – qui brûle dans le comburant. La fusée Titan II utilise de la diméthylhydrazine asymétrique comme combustible et du peroxyde d'azote comme comburant.

Radio-inertiel (p. 107) : dispositif de télécommande (ou plutôt de radio-guidage) comme pour les voitures ou les avions téléguidés.

Quadrituyère (p. 108) : quatre tuyères assurent la poussée des moteurs.

La théorie de la relativité (p. 195) : physicien de génie, Albert Einstein élabore en 1916 sa Théorie de la relativité générale (E = MC2) qui suppose un univers à quatre dimensions, courbe et fermé ; il établit ainsi un rapport entre l'énergie (E), la masse (M) et la vitesse d'un objet (C) – et il permet à son ami le Français Paul Langevin d'en déduire qu'un voyageur se déplaçant à une vitesse proche de 300 000 km/seconde vieillira beaucoup moins vite que les hommes qui sont restés sur la Terre.

Mésons (p. 195) : on sait qu'un atome est constitué d'un noyau fait de protons et de neutrons, autour duquel gravitent des électrons. Les mésons sont des particules de masse intermédiaire entre celles de l'électron et du proton.

Table des matières

Achevé d'imprimer
par France-Quercy, à Cahors
n° d'impression : 91495
Dépôt légal : 3e trimestre 1999
Loi 49-956 du 16 juillet 1949
sur les publications destinées à la jeunesse